U0128568

老城记

鼓浪涛声

老厦门

LAO XIAMEN

郑振铎 等著

中国文史出版社
CHINA CULTURAL AND HISTORICAL PRESS

图书在版编目（CIP）数据

老厦门：鼓浪涛声 / 郑振铎等著 . -- 北京：中国
文史出版社，2023.11
（老城记）
ISBN 978-7-5205-4273-9

Ⅰ . ①老… Ⅱ . ①郑… Ⅲ . ①散文集—中国—现代②
散文集—中国—当代 Ⅳ . ① I266

中国国家版本馆 CIP 数据核字 (2023) 第 170631 号

责任编辑：高　贝

出版发行：中国文史出版社

社　　址：北京市海淀区西八里庄路 69 号院　邮编：100142

电　　话：010-81136651　81136602　81136603（发行部）

传　　真：010-81136655

印　　装：廊坊市海涛印刷有限公司

经　　销：全国新华书店

开　　本：787mm×1092mm　1/16

印　　张：13.75

字　　数：150 千字

版　　次：2024 年 3 月第 1 版

印　　次：2024 年 3 月第 1 次印刷

定　　价：58.00 元

目录 ●

海上风情

第一辑

我的海

刘白羽

　　深夜，北风怒号，从我家高楼上听来，宛如大海狂涛在奔腾呼啸。

　　我爱海，每一次，我依依不舍离开大海时，都深以不能带一朵浪花、一滴海水回来而引为莫大憾事。因此，我常常梦见海，海是那样蔚蓝，镜面般的海水上漾出静静的波澜，于是我更加苦恋着大海了。

　　今天早晨，东方曙光是紫蒙蒙、红艳艳的，而后升起一轮红日，明亮的阳光透过窗玻璃落在我的书柜上，我的眼睛一下闪亮了。啊，那不是我的海吗？

　　那是一枝细小精巧的红珊瑚。在阳光闪耀之下，这一株不过两寸多长的珊瑚，忽然红得发光、耀眼、灼亮。于是在密封的玻璃罩里浸泡着珊瑚的海水忽然荡漾起来了。我仿佛看到墨蓝色大海底层，海的暗流在那儿打着涡漩，红珊瑚就在礁岩上，像一丛丛随水漂荡的海藻。稠密的热带鱼群，在幽暗的海底阳光中，有如千千万万点小火花，在珊瑚林里，悠悠缥缈地游着。我望着我书柜里的小珊瑚，我陷入了梦幻的深思。在晶莹海水中，那枝红珊瑚，恍惚之间变成一个女神；她袅娜多姿，神情飘逸，随着她在海中的曼舞，像从遥远的远方隐约传来委婉动听的铃声、鼓声、歌声，由远而近，忽高忽低，春水一样充满柔情，饱含蜜意。我再仔细看，那海神不见了，还是一束小珊瑚，原来造成梦幻的阳光从书柜玻璃上移开了。

刚才像是随流漂荡的海藻，一下恢复为原来的固体。不过，这一丛小珊瑚长得确实像在清风中摇曳的树枝，在一根根红色枝丫上结着像小米粒那样的白点。这些细小的白点，使我想起细雪，想起雪地上最早绽放的一层小小的冰凌花……这细小的红珊瑚仿佛在对我说："我不是你的海吗？你怎么又想到原野上去了？"

我答道："是的，你是我的海，深情的海。"

太阳光影做完一件神奇奥变的工作，而悄悄从书柜上移射到我的身上、脸上，我觉得温暖、灼热。

正是这种温热的感觉使我又回到亚热带的南方，是的，那是在鼓浪屿。前年我曾在那儿的海滩上静坐了两个小时，享受着海、阳光、花卉凝成的色彩绚烂的热带风情。我这北国的游人多么想带一点儿回来永远欣赏呀！在鼓浪屿曲曲街巷里我极其偶然发现了这红珊瑚。我在街头徘徊三匝，终于走进这家店铺，买了密封在玻璃罩内用海水浸泡的红珊瑚，我如获至宝，非常高兴。关于这红珊瑚的来历，当地人告诉我来自东山岛。东山岛我没有去过，从地图上看在福建与广东接壤的地方，在东山内澳外面，突出于南海上的一个半岛。从我们居住的北方来计量，那实在是一个遥远的地方了。但自从得到这枝红珊瑚后，对我来说那儿又是一个神秘美丽的地方了。那大海之子呀，他们凭着怎样的勇敢与智慧，从海底采撷，装置在一只密闭的玻璃罩内，而将南海之一滴，连同他们的热心与豪情慷慨地施舍给旁人。现在，在阳光的闪射里，于是那大海以无比的瑰丽呈现在我的眼前。那儿海底长着密密森林一般的珊瑚林，这赤红的火焰奔放的生命啊，燃烧了那浪涌奔腾的大海。我觉得那儿的大海是一片红霞般的海。

是的，我分得南海之一滴，我也就带回大海的品性与神魄。它，在我的心灵里，是光明，是呐喊，是圣洁，是崇高。

绝代佳人鼓浪屿

郑朝宗

我国得天独厚，著名的风景区到处皆有，而且各具特色，不相雷同。以渤海之滨的北戴河和东海之滨的厦门市来说，两者除本身的种种引人入胜的优点以外，还各拥一张无与比肩的王牌——在北戴河方面是雄伟盖世的山海关，在厦门市方面是精妙绝伦的鼓浪屿。从北戴河到山海关要坐一个多钟头的旅游车，而鼓浪屿与厦门市之间只有 5 分钟轮渡的距离，在这点上北戴河相形见绌了。

鼓浪屿是真正的"海上花园"，别称"海上明珠"。这"明珠"二字出自已故内务部长谢觉哉的一首七绝。谢老坐汽艇环游鼓浪屿赋诗云："春风一舸绕明珠，雾作钗鬟浪作趺。楼阁参差花正发，客来不复羡仙居。"诗很漂亮，但实际还只写出此岛的轮廓，而未深入它的内里，若要深入，你得在鼓浪屿省干部休养所居住一个时期。

　　我来厦门已将近 40 年了，一向对鼓浪屿的认识也很肤浅。去年 4 月，由于高血压作祟，百事俱废，只得来这里休养，一住七个多月，病未愈而精神却颇愉快，对鼓浪屿妙处的认识比过去深刻得多了。西洋人写小说称赞地中海上岛屿风景之美的为数不少，英国现代小说家 Norman Douglas 的 *South Wind*（《南风》）是其中的一部名作，但那小岛的面貌简直无法和我们的鼓浪屿相比。香港号称大英王冠上一颗最灿烂的明珠，其实她也有缺点，便是山多平地少，而那拔地 2500 多尺的太平山峰远远看去真像女巨无霸。鼓浪屿则堪称绝代佳人，若要形容她，只有曹子建笔下的洛神可以相比。她面积很小，还不到厦门岛的 1/60，而厦门岛本身纵横也就只有二十几公里。你试想想这样的小岛该像个什么？我说她像放在大海面上的一个小小的盆景。这盆景的布局十分匀称，平地虽也不多，却非陡然上升，而是徐徐向高处延伸，最高点的日光岩，大约只有七八层楼么高，因此不太显得突兀，其两旁又各有一列小山峰作为屏障。盆景的东面是繁华地区，所有的名胜古迹、热闹市场以及漂亮的现代建筑，几乎都在这里；其西面则有如《红楼梦》里的"稻香村"，颇饶田园风味。这个盆景和江南园林里所见的有个绝大不同之点，那儿的假山全是用太湖石砌成的，模样儿千篇一律，单调得很，而这里的岩石，不论大小，都来自大自然的恩赐，千姿百态，讨人欢喜。尤其难得的，用来点缀这盆景的不是简单的松竹，而是南国特有的奇花异木，有的连名字都说不清。

　　盆景而外，鼓浪屿也像一座迷宫。初来此岛的人容易自高自大，以为这弹丸之地不消几小时便可熟识它的全部路径，闭着眼睛也能随心所欲走到哪里。其实大谬不然，这区区小岛对主观主义者来说的确是一剂治病良药。她有的是歧路和穷途（死巷），你如按照常规，以为方向对就一定能走到某处，结果十有八九是要碰壁的。因此现代的杨朱和阮籍肯定不会喜欢这个地方，但这样的人毕竟不多。我自己倒觉得这样更好玩，钉子碰多了也会聪明起来的。迷宫还有个意义，就是说它环境清幽，景色奇丽，令人神魂颠倒。在这点上，鼓浪屿确实压倒了我去过的许多著名游览区。就以我所居住的休养所一隅来说，其本身就是一个小迷宫。它坐落在海边，毗连菽庄花园，山上山下共有房屋二三十座，形式多样，布局错落不齐，其间多植树木花草，葱茏郁勃，充满生气。近海的两座房前有一片森林，夏天月夜在那里散步。令人想起了莎翁剧本《仲夏夜之梦》中的景色。山上有一座面对小金门的洋楼，多年无人居住，野草高可隐人，薄暮时在那里徘徊，也会使人想到狄更斯的小说《凄凉院》。特别令人心醉的是海边的那片沙滩。每天早晚我都在那里闲步，我从没见过那样洁白、那样细的沙，每逢潮落的时候，一切杂物被清扫一空，踏上去就像踩着精致的毛毯。就在这里，我研究了厦门的天空和海色，并且各写了一篇小品文。限于篇幅，我不想描写鼓浪屿的全部迷人之处，这其实是多余的，因为别人的文章已经说得够多了。但有一点不妨重提一下，就是她的音乐性，指的不仅是天籁（天风海涛之音），而特别是人籁（钢琴和小提琴之音）。这里是产生著名音乐家的地方，当你漫步到深巷里的小洋楼下面时，你往往会听到像仙乐般的熟练的琴声，那时你的魂灵会跟着飞往几千里的海外，飞往几十年前你曾就学过的文化名城，这难道还不够使你陶然半日的吗？

鼓浪屿诚然有优于北戴河的地方，但也有不及之处，即人工还嫌不足。北戴河给人以全新的面貌，而鼓浪屿则多少还存在一点破旧的痕迹。不错，这几年人民费了不少力量来整顿本岛，名胜古迹如日光岩、菽庄花园、郑成功纪念馆等，焕然一新，龙头街的面貌也大大改变，成为厦门市最清洁漂亮的一条街。这些都应该肯定，但如认为这样就可以了，那么请你登上日光岩向下一看，那无数大大小小建筑物的屋顶上都是些什么颜色？有多少年不加修理洗刷了？我相信我们不会像英国人那样保守，让伦敦市著名的建筑物几百年不加粉刷，而美其名为保护"历史色"！所以我们还要拿出更大的力气来美化这个岛屿，使其成为真正的"海上明珠"。

厦门抒情

郭 风

在厦门我看到木棉树。它在四月间开花。高大的木棉树开花时，全树好像点上一朵一朵的火焰。木棉树，人家也叫它英雄树。

在厦门我看到凤凰木树。它在五六月间开花。那也是灿烂得像一片红霞，绚丽得像传说中所说的——从火焰中飞舞出来的凤凰鸟。在这里我看到银合欢树、高大的墨绿的柏树、澳洲松树、木瓜树、榕树和在四五六月间开花的夹竹桃。我看到许多楼房的阳台上，排列着一盆一盆的玫瑰花，各色各样的仙人掌。看到许多住屋的门前，种着葡萄，棚上覆盖着葡萄藤的枝条，悬挂着一串一串水晶一般的果实。有时也在葡萄棚的旁边，看到几棵向日葵。不知怎的，有时我会想到，厦门有如一只花篮。它有众多的花朵，四季盛开的花朵；它有各种树木，四季常青的树木；它的葡萄累累，它的向日葵呼唤海岛上空的太阳。呵，厦门极其强烈地表示自己的愿望：我们是热爱和平的。这里的每一朵花、每一棵树，它们都强烈地提出自己的这种愿望。

呵，城市。呵，美丽的海岛和港湾，站立在祖国南方最前哨的英雄城市。白色的海浪，像白色的百合花似的环绕着你。在你的码头前面，有众多的驳船、双桅船和三桅船，各色各样的货船，过渡的汽艇，四面有大大的玻璃窗的敞亮的客轮。在你的港湾里，有众多的渔船，它们的桅杆上面，红色的三角形的风向旗，在风中猎猎作响；它们的布帆，有的张起有的卷下。在你的港湾里，船只和它们的风帆、桅杆和绳缆，构成一座引人百般情思的水上的城市。我看见我们的海军炮艇，在你的海湾里航行、巡逻，我们的水兵在舰艇的甲板上打着旗语。我看见我们的海军舰艇箭一般开行时，后面激起两道雪白的水浪。有时会看见浅红色的河豚随着被激起的浪花在水面做弧形的跳跃。厦门呀，你强烈地表示自己的愿望：我们是热爱和平的。

美丽的海岛和港湾，我们祖国南海的英雄城市。我们的党和我们的人民，在这里进行着怎样令人激奋的社会主义和平建设。把耸立在这海岛的山峦上的岩石，用炸药爆破，把山劈开，又把这山岩来填海：劈山填海。呵，在这里创造了当代生活中无比壮丽的神话，建筑了全部用花岗石建筑起来的海上长堤。这海堤上，这跨过大海和陆地相连的长堤上，通过一条铁路，通过一条和它并行的公路，那宽畅的同时可以行驶两部汽车的公路，两旁还有广阔的人行道。货车、公共汽车、长途客车在这横跨大海的长堤上奔驰，向站在岗亭里的交通警察致敬，你一会儿摇着红旗，一会儿摇着绿旗。哦，我看见从海外回来的华侨青年男女同学骑着自行车，从海堤上奔驰而过。他们到郊外去野餐？他们到市区去访亲会友？他们结伴去参观华侨博物馆？海风呀，凉爽的、吹拂着衣襟的海风，请告诉我们的海外侨胞，他们的可爱的子女，骑着自行车从这海堤上奔驰而过了。摩托车从这海堤上奔驰而过。火车鸣笛。我们的火车冒着白色的浓烟，从这海堤上奔驰而过。海风吹着火车头上冒起的白烟，那白烟融化在蔚蓝的天空和金色的阳光中。火车，火车！不，列车长，列车长！请告诉我们的司机，把火车开得慢些。那火车上的每一个车窗，它的窗帘都拉开了，旅客们都从车窗里往外看。他们看见海堤的一边是茫茫的大海，海堤的又一边是什么？哦，是海湾被拦腰截住，是海堤和海岸共同围起来的一个巨大的人造湖：看呵，雪白的海鸟，有很长白色翅膀的海鸟，拍着浪花浴着阳光，在水面飞翔；看呵，白帆点点，在这茫茫的人造湖上轻轻移动；看呵，那边有许多人在建筑什么？在海堤边的人造湖畔筑着水闸吗？他们在兴建潮力发电站……厦门呵，你强烈地表示着我们的愿望：我们要建设，我们要和平。

美丽的海港和海岛，站立在祖国南海最前哨的英雄城市。我们的党和人民，在这里进行着怎样令人激奋的社会主义和平建设。我们在这里建设橡胶厂、鱼肝油厂、化工厂、机床厂，还有罐头厂：它把我们果园里的甘美的波罗蜜、荔枝、枇杷、龙眼、水蜜桃，把我们菜园里的番茄、四季豆，把我们海洋中的鲳鱼、黄瓜鱼、马鲛鱼，还有海蛎，制成两百多种的罐头。我们在这里建设现代化的盐场。我们在这里建设现代化的糖厂、钢厂、平板玻璃厂，还有纺织厂，它要给我们织出各色花布：给儿童们做水兵服的料子，织闽南农村妇女最喜欢的红色印花布头巾的料子，织新娘做结婚新衣的料子……厦门呵，你竖立的烟囱，每时每刻告诉我解放十年以来，我们的党怎样领导人民，白手起家，在这海岛上缔造幸福的生活。每一个人，都要把自己的智慧和力量，贡献给我们的事业。厦门呵，你从平地上竖立起来的烟囱和厂房，表达着我们最坚强的誓言：我们要建设，我们要和平。

在你的乡村里，厦门呵，在你的乡村里，我看见吐绶鸡昂首阔步地在村屋前行走，它张开扇形的尾巴，迎着客人；看见高大的全白番鸭，在池塘里游泳。你的土地上生长的番茄，有海上日出前红霞的光彩；你的土地上生长的四季豆和荷兰豆，有海岛上骤雨的香味。你的土地上种着萝卜，种着菠菜、芥蓝菜、胡椒和姜、茄子和苋菜。你的土地上，甘薯开着紫色的喇叭花；种着大豆、高粱和玉蜀黍。厦门呵，你的乡村经营多种蔬菜。你的村路上，有牛车，有板车，有手推独轮车走向公路；公路上行驶着载重汽车，把各种蔬菜运到市区，运到工地，运到工厂区和工人新村！厦门呵，在冬天里，你的田野里，油菜开着金黄的花朵，麦苗青青；在夏天里，花生开着金黄的花朵。愿你的油料作物取得大面积丰收。这几年来，我有机会到你的乡村里来，例如，我有几次到了何厝乡——我知道，一九五六年，合作化高潮到来的时候，这里叫前线高级社；去年，一九五八年，"大跃进"的年头，公社化运动到来的时候，这里许多村子，好几个农业社，组织了前线人民公社。我知道，农村正沿着幸福的、富裕的康庄大道飞奔前进！厦门呵，你的田野和每一个村庄，都强烈地表示自己的坚强信念：我们要生产劳动，我们要循着党指引的道路勇敢前进，我们要和平！

在厦门我看到木棉树。高大的木棉树开花时，全树好像点上一朵一朵的火焰。木棉树，人家也叫它英雄树。在厦门，我天天和英雄的人民在一起。厦门呵，你是花朵的岛。你是幸福的岛。你是胜利的岛，战斗和英雄的岛。

浮海杂缀

施蛰存

别了，上海

等了 20 天的船，终于由芝沙丹尼号载我离开上海孤岛了。在回返到上海居住的两个多月之间，我看到了许多，我知道了许多。虽然在经济方面，也许上海已大大地失去了它以前那么样的重要性，但是，我相信，在文化和政治方面，上海还保留着一种潜势力。我虽然看见了许多得意扬扬的汉奸，但尤其多的是一些留在那孤岛上艰苦地工作着的孤臣孽子。他们在教育着孤岛上的四百万民众，他们在记录、监视甚或惩戒那些无耻的国贼，你别以为此刻的上海所给予你的第一个印象是比从前越发花天酒地，纸醉金迷，你只要一想到上海现在居然还有一种严肃的舆论存在着，居然还有一种潜伏的，但是并不微弱的抗战势力存在着，你就不能不感谢这些并未撤退到后方去的孤臣孽子了。

现在，船载我离开上海了。火烧红莲寺，四脱舞，现世报，花会听筒，沪西娱乐社……这些不良的印象都在我眼前消隐下去了，而那些不为一般人所看得见的，孜孜矻矻地在为孤岛上保留一股浩然的民族元气的人们，却在我眼前格外明显地活跃着。别了上海，我的敬礼是给予他们的！

台湾人

当我占据了 A 字舱第三号床位之后，底下的第四号床位便被一个肥矮的不相识的旅客所占据了，除了一只手提皮箧及一条毛毯外，他没有别的行李。船没有开行，他就躺在床上了。他在看一份报纸——《新申报》！

和一个汉奸做旅伴了，我想。

医生来验防疫注射证明书，买办来收船票了。我一瞥眼看见了他的船票。姓林，到香港的。

到香港去有什么活动吗？我心里在发问。

晚间，当我从甲板上散步后回舱时，那第一号和第五号床上的旅客已经在和他很高兴地谈话了。他们说得很快，似乎是福建话，但和我的福建朋友们所说的全不同。因为我连一个单字也听不出来。

糟糕，被汉奸们所围困了。我点旺一支烟，爬上了自己的床铺，开始为这不快意的旅途担忧了。

第二天，我除掉因为取纸烟、取盥洗具之类的必要而回舱一次以外，几乎把所有的时间都花费在甲板上。我在甲板上抽烟。

我在甲板上看书。我在甲板上散步。我憎厌回进那个舱房里去。但是每当我回进去一次，那个第四号床上的肥矮的旅客总是躺在那儿，看书，看报，或是和第一号及第五号的旅客谈天。他看的书是一本薄薄的《寡妇日记》，而报呢，还是那份两大张的隔日《新申报》。

一天的报纸，怎么看了一晚和一日还看不完呢？这位先生倘若订全年的报纸，势必在第二年的除夕才看得了上一年的新闻。我这样想。

第三天的午间，船停在厦门和鼓浪屿中间的海峡里。出于意外的，那第四号床上的旅客忽然起身了，他换齐整了衣裳，匆匆地到外边去引进了另一个旅客来。同时他招呼了一个茶房，说着很勉强的国语："我到鼓浪屿，这位先生，我的朋友，他行到香港去。"说着他给了茶房一些小费。

那广东茶房尽管叽咕着"听可以，听可以，买办要听可以格"，但那姓林的到香港去的旅客终于挈了他的皮箧和毛毯走了。

在他们办理交替的时候，那第五号床位上的旅客用普通话悄悄地告诉我："这两个都是台湾人。"

"台湾人？"我问。

"唔。"

"你呢？"

"福建。"

"你们是朋友吗？"

"不是！"他似乎很不高兴。"我们从来不认识的。我是在马尼拉做生意的。"

"那你们说些什么话呀？"

"那个台湾人老是说日本人怎么样怎么样好！"

"你们呢？你们对他说些什么呀？"

"唔，我们骂日本人怎么样怎么样坏！"我不禁失笑了。这该抱怨我一点儿也不懂得福建话。

这时那鼓浪屿上来的旅客也已经沉默地躺在床上了，但是，忽然，那姓林的又匆匆地回来了。还有什么话要交代吗？他不预备上鼓浪屿去了吗？我这样推测着。

可是全不对，他是回来捡遗忘掉的东西的。他在枕头底下看看，又在床底下望望，郑重其事地把他所遗忘掉的东西捡了去：一本《寡妇日记》和一份三天前的《新申报》。

鼓浪屿

船从十七艘黝黑的敌舰中间行过，停泊在厦门和鼓浪屿之间的海峡里。这边是断井颓垣，那边是崇楼杰阁。这边是冷清清的，看不见一个行人，那边熙来攘往，市声从海面上喧响过来。领着通行证的旅客雇了舢板往厦门登岸去了，我呢，船在这里有六小时的碇泊，遂也雇着一只舢板上鼓浪屿去观光。

舢板跳跃地掠过了海面，但中途被一个以三只大船组合起来的巡逻队所拦阻了。

"哪里来？"大船上有人攀住了我的船舷问。

"芝沙丹尼船上来。"

"喔，上鼓浪屿去玩吗？"他放了手，表示准许我们的舢板行过了。

"没有带什么东西吧？"另一个人用上海话问。

"没有什么东西。"我已经离开他们很远了。

在黄家渡码头上了岸，就看见一个难民区。许多用芦篾盖成的屋子里拥挤着从对海逃过来的难民。这一个难民区已经自成一个市集，沿着曲折的径路进去，可以看见许多店铺，但他们所陈列着的十之九都是日本商品。

纵然不认得路，但我终于找到了邮局，先去寄发了一封家信。从邮局出来，又在街上胡乱地闯着，买了一点绳子、手巾、肉松之类的杂物。渐渐地感到在这个孤岛上，生活程度也显然很高了，这必然是厦门的沦陷所影响的。

鼓浪屿可以说是一个小型的香港，它有比香港更广大的平地，但没有一条挺直的大道。街上没有人力车，也没有电车汽车，偶然看见一乘藤轿，由两个身着白色制服，腰缠红带的舆夫抬着，中间不是坐着一个洋人，便是一个道貌岸然的老丈。

在每一个电杆木或路角上，必然可以看到两种招贴，用红纸的是分租余屋的告白，但除了地点在什么路几号门牌之外，其余的文字所表示的意义就不可索解了。用白纸的是一种"丈夫必备"的"爱情妙品"，名字叫作"密友"的药物广告。这种广告的数量之多可以说明这种药物在这个孤岛上着实存得不少。

由着路人的指示，我上了日光岩。在那个光光的山头上瞭望内海的一盛一衰的景象，听着山下观音庙里的唪经击磬声和喧阗的市声，简直连自己也不知做何感想，唯有默然而已。

午餐

从日光岩下来，走进了一家饮食店，我想该进一点午餐了。侍役拿上菜单来，在每一个菜名之下，全没有价目标明着。

"怎么？没有定价吗？"

"先生，你要什么菜，我告诉你价钱。"

"炒肉丝，多少？"我挑了一个平常的菜。

"七毫。"

一个炒肉丝要七毫，我觉得太贵了，我唯有再挑一个别的菜。

"跑蛋，多少？"

"四毫。"

于是我只好再试一个菜。

"有炒白菜没有？"

"有，也是四毫。"

"怎么，你们的菜都是这样贵的吗？"

我不禁跳起来。

"先生，现在什么都贵了，家家都贵了。这里猪肉卖一块钱一斤，鸡蛋一个卖一毫，白菜跟鸡蛋一样价，有的时候比鸡蛋还贵。"这是侍役的解释。

"好吧，你来个咖喱鸡饭吧。"

"是，五毫，先生。"

我挥一下手，表示同意了。

不久，侍役端上我的咖喱鸡饭来。饭，不错。咖喱，也没有错。鸡？却是没有，代替的是猪肉。

"喂，怎么，这不是鸡！"

"对不起了，先生，鸡卖完了，近来鸡不多，我们这里每天只卖一个鸡。算四毫吧，先生。"

鼓浪屿

叶鼎洛

　　昨晚又失眠，要是没有这南国的美丽的日子，实在没有离开床铺的勇气。起来的时候固然已经九点多钟，总算比平日早多了。可是思路的混乱，后脑的疼痛，诚使我痛惜这温和的晴日又将断送在神经衰弱的恶病之中。在丧父之后刚由家乡赶到厦门来的林革尘君，问我"要不要到鼓浪屿去"。这个在南海角上负有盛名的鼓浪屿，我到此地来了近二十天还没有去拜访过它，所以林君的这句话颇使我提了一提精神，我高兴地答应说"去"。

　　说到鼓浪屿，十几年前在小学校里上地理课的时候，我已经和它相识了。从上海动身之时，有曾经到过厦门的朋友也特意将它介绍给我的。既然称作鼓浪屿，它这地方当然不消说位置于海水中央，而且必须用船摆渡过去，所以我们穿过几条龌龊的街道，去到一个摆渡口（可笑我到今天还不知道这渡口的名字）。能够起早的人诚然是有福气的，天天不到十二点钟不起身的我，一年到头恐怕看不满一个礼拜的朝景。（曾经有一位太太责备我睡早觉，她说我晚上睡不着的缘故实在因为不起早，然而你们这些健康的太太，哪里知道我这精神上有病的男子的苦痛呢？我是非常之羡慕起早的人的，不过我最终不能起早罢了。）虽然那时候已经是午前的光景，但朝雾像还流连在海水上面，太阳照遍了各个山头，晴爽的空气由鼻管中通入我的肺腑，正像有一种酸素杀尽了我躯体中无数颓唐的毒菌。

那码头不像别处一样用石头做成，却是一排木板直向海水中伸出。无数涂以彩油的划子似乎是我幼时的玩具，攒聚在码头旁边，趁着水势互相倾轧。每只划子上的船夫打扮得适如人的样子，正在大声招揽生意。当我们抬着眼睛笔直走去，有如不需船只而可以凌波过海的时候，便有一条酱色的胳膊拦住了去路，我们就上了他的船。

说起坐摆渡船的事情，从小到如今我总算坐过七处的摆渡船了。第一次是我和妈妈在乡下收租的时候，为了要去探望姑母的病，在一处叫作董家渡的地方坐了摆渡船。那是一片宽阔的湖水包围在丛杂的芦苇之中，方头的摆渡船恰像一具没有盖头的棺材。可是在水上行去却好生平稳。当时我坐在上面，望见那几条港汐，就想起了《水浒传》中梁山泊的芦花荡。第二次坐摆渡船是在长沙南门外的曹家渡。因为那时常常请假过湘江去游岳麓山，也有几次和赵景深等一班酸味相投的朋友买了一些五加皮和臭牛肉，把那月明之夜在碧琉璃似的湘江的水面上渡过去的。第三次是从岳州坐船到洞庭湖中的君山上去看潇湘妃子的墓，在那似乎隔绝尘俗的地方，曾经看见了千竿瘦竹的影子横卧在夕阳光中的景象，也饿了一天肚皮。第四次是被湖南的学生驱逐出境时，和田汉、刘大杰一起从汉口坐船到武昌的黄鹤楼去，适逢秋雨大降，醉后的我曾在黄鹤楼的山脚下跌了一跤。第五次是在吉林城外的松花江上，那里是出木材的地方，渡船用整段的木头挖空了心做成，真像八仙过海时坐的独木舟。晚上的松花江实在能够引起一些游子的思乡之情，在凄凉的黄昏的江面上我听到悲凉的胡笛声，正当感伤的时候，所以我暗中也流过一些眼泪。其时同坐的有北国诗人沈梦九，还有老同学陆毅、许绍衡二君，现在想起来真是前尘如梦了。至于第六次，是误乘野鸡轮船，在黄浦江中被渡船上的人大敲竹杠，宛如及时雨宋公明碰着了船火儿张横，有欲喊"皇天救命则个"之势。

这次总算是第七次了。划子把我们载到海的那边去，虽然的确是过海，可是十几分钟之后便荡到了对面的码头，此海之宽阔也是可想而知的。福建印书馆的经理陈涤虑曾以庄重的态度对我说过，这鼓浪屿是从南洋发了财回来的资本家的巢窟。因为想免去贼盗的打搅，才把他们的府第安放在四面不着边际的岛上，所以远远地望去时，便看得出这一座大自然的点缀品，已经给聪明的人类加以许多雕琢的功夫了。从前我们家里厅堂上有一盆摆饰，是把许多瓦烧的楼台亭阁放在一块假山上面，又种了一些虎耳草、扁柏、罗汉松之类，我眼望着这有红房子、绿树林的鼓浪屿，也正是那种神气，如果我敢说那上面的人类和烧瓦的人形无异，那么这包围在四面的透明的空气，也正是一个玻璃的罩匣了。

住有钱人的地方究属有点两样，这里的码头既然已经用了长条的麻石做成，而且麻石也没有一点破碎。更有像在我的面前跳出黑漆也似一团东西来的，当我的左脚踏上码头时，只见一个黑色的女子迎面而立，其势也像是正要乘船。这位女士全身穿黑，帽子的原料似乎也是黑蚕吐出来的丝。身上所有的东西都是黑色，色虽然黑而能放出宝光，物品的高贵也可以想见。仅是半个面孔露出在帽檐底下，而鼻梁上好像还有墨晶眼镜，底下的黑丝袜和黑漆皮鞋是不用提了。她的面貌究属美丽与否虽然不得而知，但墨晶眼镜的后面想来绝不至于是瞎眼，所以我是把她当作美人来看的。到厦门来了二十天，还没有在街上看见一个美人，我本来暗暗奇怪这尚可以算作山明水秀的地方何以缺少好看的女子，疑心怕是咸质的海风吹黑了她们的皮肤，看见这黑色的美人，我这空虚的心里总算被泼上一点墨了。小时候看了许多弹词，那里边的美女仿佛都是官家的小姐，并且一般人也总以为深闺中才有美女，只要那人家有钱有势，即丫头也一定像天仙化人，所以平常人家的好看女子也只能成为小家碧玉，而金屋才可以藏娇，那么全厦门没有一个粉面含羞的女子，而鼓浪屿的码头上却独有一位染了皂的尤物，其道理大概也是显而易见的。

上了码头，向街道上走去。街道之清洁亦非厦门之龌龊可比，即两旁的店铺也收拾得十分齐整，多半还带了一些日本风味，在那平铺的水门汀上面走着，最初的瞬间我觉得正像今年春天在大连街道上走着的一般。迎面看见一座广告牌子，在那前面有一群人看山东人变戏法似的围着看，原来一个学生正在以义愤的神气露出在众人头上演讲。这些有志之士一定又是为了国家大事在唤醒许多愚夫愚妇的灵魂。林君于是告诉我说今天又是一个可以纪念的日子，然则当这应该砍了指头去写血书的时候，我们反把这里当作太平世界来及时行乐，岂不是不应该到可以悔过游街的事情吗？我的心里不禁有了点麻木的惭愧，但是另外一条街道，却已经横在我们的旁边。

这条街道转弯过去渐次向上进展，与道路平行而同时进展的是美丽的围墙，围墙中不时伸出翁郁的大树，更杂有红色的鲜花。怕也是什么重要的地方吧？竟有两位戴红色高帽子的土耳其人在那里走着巡逻的步伐，手中却还拿着雪亮的短枪，其威势并不亚于要塞重地。可是并不妨害我们的前进。道旁忽有石级。爬上石级看时却是一座庙，庙的结构也和许多的庙一样，不过盖造得有点富贵气罢了。走出庙的侧门，只见刻着"天下第一洞"的一块巨石耸在面前，高有数丈，光滑不生寸草，好像是用机器把它抬到这里来的。所谓"天下第一洞"就在这一块石头的底下，而洞的形状则实在不像洞，然而石上还分明刻着"古避暑地"几个字。里面有一副石台石凳，古时避暑的人大概是整个夏天坐在这里吃茶的。在此洞中走不上数武，又早走到光天旭日之下。蓝色的大海就横在面前，也可以说在脚底下，复行数武，见旁边有曲径似乎可以通幽。曲径仍然是石级，而石级上又涂着水门汀。由此更上一层，四面的巨石比那刻有"天下第一洞"的巨石更为光滑，看来已经被万年的风雨，以及万人的脚底磨光了。绕过这光滑的巨石，见一座铁桥架在两面石壁之间。铁桥的组织犹如小学校里的豆学细工，踏脚的凳子是镂空的铁条，胆小的人爬上去一定像爬上秋千架。可是我们并不胆小，步步高升地爬上去，终而至于爬到石巅。巅的面积仅如桌面大，矮矮的石凳围在铁栏的中间。石凳可以坐人，铁栏大概是恐防人们坠落下去的。我们就放心地在此小坐，厦门的形势，鼓浪屿的景色，已经像地图似的扁平地平铺在地下了。我于是看见许多有钱人的洋房。那洋房他们一定都造得十分坚壮，但从高处看来却有点近乎蜂房。想起来，人类的营居也何尝异于蜜蜂的生活，不也是雌的在家里生男育女，雄的出去采了花回来酿蜜吗？然蜂蜜尚有点甜味，有时还可以入药，人类的蜜呢？说到这里，恐怕又要使多感的诗人伤心了！

在此山巅坐了一时，温热的日光使我的精神慵懒，大有不愿下山，即饿死也宁可在此过了一世之势。然而林君做着手势叫我下去。于是复由铁桥的镂空的铁条上爬下，乃看见左边有城垛似的墙头，其白色，很像城隍庙里的酆都城，只少目莲的母亲立在城垛上。我说："像城呢！"林君极力分辩说"不是"，于是穿过一个普通形状之门。只见这种墙头还有许多蜿蜒地向远处展出，并出没于层层山石之间，这倒又似乎是小小的万里长城。想起了长城，我忽然想抽一支香烟，又忽然想唱一出"南阳关"。可是林君已用独断的神气先自走往下面去了。我跟着他重新逐级而下，乃忽逢平坦之地，其间植有苗条的树木，复有纸扎起来似的亭子，仿佛是画在月份牌上的神奇。旁边山石上复刻着许多笔力遒劲的字，底下题的名字都是想流芳百世的。行至此，被许多人嫉妒的资本家的房舍乃一一呈现于目前，而不知人间有甘苦之分的顽石仍蹲峙于我们背后。这时我恍惚感到此地我曾经来过，想了一想，乃知道这地方大概就是那白眼诗人在此地唱了"海角诗人"电影戏的。

时已行于平阳大道之上，大道用水门汀做成，这一定不至于损坏了资本家的鞋底，大势看来很可以通汽车，但是连黄包车也没有。许多枝干上生着胡须的大树立在道旁了。有钱人的房舍齐齐地排列两边，其结构虽各有不同，然大致都是中国化的西式房子，所以每每别墅式建筑的洋门上雕出"富贵寿考"等吉利文字，而露台上又挂着西瓜似的大门灯。听说南洋的华侨平时都穿西装，每年到了元旦却总峨冠博带地穿起中国衣服，除了放爆竹之外，还要不绝地唱肥喏，我中华民国的伟大国民性，于此可见一斑了。

复少顷，由那光滑的大道转弯之时，我们便已到了海滨。海滨的景色自然另有一种神奇，但其神奇也和许多海边的神奇相通，那些陕西或者新疆人活着以一生没有看见过海景为憾，但我对于这些却不能发生兴味，勉强要把它写出来，也仍然不免要落一般小说家之俗套，那就是所谓"蔚蓝的海水躺在天盖底下，层层的波浪拍着沙滩"等乏味的句子而已。然而海景虽然这样平常，岸上一棵大树底下却有一位警察在吃着甘蔗。这里警察的服装似乎比我们中国什么地方的都好，裤管既没有扎起来，上身束着皮带的衣服也不像马褂一样，并且擦得雪亮的快枪夹在手臂缝里，正是韦驮菩萨捧着降魔杵的姿势。我看见了这位吃甘蔗的警察，才深深地感觉到做亡国奴到底还不如做"次殖民地"的人民舒服，而唯其因为在这"次殖民地"的国家中当警察，才有资格来吃甘蔗，那些立在上海日升楼前的红头阿三是连嗑瓜子的福分也没有的。

仅仅走了这么些地方，仿佛已经走了半个鼓浪屿。早上没有吃早饭，再加爬了一会儿石级和铁桥，我的额角上已经淌出饿的虚汗来了。最要紧的是想解一解渴。所以我们在一副小担子上各吃了一串仙茶果之后，终之又在水果摊上喝了一瓶水。水果摊的对面是民生日报馆。我的意思想赶紧回到厦门去吃饭，但林君却要到报馆里去找朋友，或者也会留饭吧？此便是我愿意跟林君进去的意思。

我来厦门后，看见所有的报馆都在杂货店的隔壁，一开间的门面，里面堆着纸条木屑，又仿佛正是南货店。所出的报纸自然都不大，即使用来包皮鞋恐怕还要另外用线扎。这固然不是报馆里节省经费，大原因也就在厦门的地方小，但这鼓浪屿的民生日报馆的门面却似乎大了一些了。祠堂似的厅上正有些人在办公，而编辑室的宿舍却在楼上。当我恭敬地走到楼上时，便看见四张相片挂在墙壁上。三位有胡子的是托尔斯泰、克鲁泡特金和达尔文。还有一位年纪颇轻，戴着皮帽子，穿着中国人的马褂似的衣服的是卢梭。还有一位却很有点面目生疏。

在编辑先生的房中坐了半天，便又在楼梯旁边的饭堂中吃了饭，于是便到了重新去坐摆渡船的时候。

时已午后两点钟，我们的渡船靠近厦门的木板码头时，艳丽的骄阳正射在沿海一带的房子上，其后是蓝色的长天，后亘以青色的远山。岸上人语喁喁，令人生慵懒的感觉。南国的风光纵是这样佳丽，而于我这有病之人亦无所裨益！当这十一月底的时节，北方固然应该下雪，即上海亦必奇冷不堪，而这南海之滨的天气却如暮春一样，我深羡此地人的生活的幸福，同时也才知道我国疆域之绵广。然而也正因为生活的幸福和疆域绵广之故，我们才有了近日的时势吧？个人的寿命虽短，而人类的运命方长，欲知后事如何，端赖各人努力！我希望每个人都不要和我这个白痴似的病夫一样，而我自己也愿意和各方面发生一点儿爱的感情，再不要写出这种心如死灰、有气无力的东西来！十七年的"十二月九日"呀！我在此与你告别！

厦门印象记

王鲁彦

一、不准靠岸

船到厦门是在太阳下山的时候，潮水颇不小。太古公司有一个码头伸出在岸外。我在船上望见了码头上竖着一个吊桥。我们的轮船正停泊在码头外一丈多远的地方，这空隙似乎正是预备用吊桥来连接的。然而船已停了，却看不见码头上有什么人，也没有人预备把吊桥放下来。从岸上来接客的人都在码头旁边下了小划子到了我们的船旁，我们船上的客人也都纷纷坐着划子上了岸。

"一定是那吊桥坏了，"我想，"不然，从吊桥上走过去多么方便呵！"

于是我也就随着接客的坐了一只小船上了岸，到一家码头边的旅馆里去住。在那里休息了一会儿，吃了一点儿东西，我又从旅馆里走了出来，想去望一望厦门的街市。

走出旅馆门口，我忽然看见太古码头上的人拥挤得很厉害，吊桥已经放下了，行李和货件纷纷由船上担了下来。原来吊桥并没有坏。

但是为什么不在船到的时候放下来呢？我猜想不出来。我很想问问这原因，可是没有一个熟人，又听不懂厦门话。

第二天，我跟着行李的担子到了往集美去的汽船码头。那只汽船很小，和划子一样大——甚至可以说比划子还小。这时的潮水也很大，但汽船却没有停靠到岸边来，它只是停在离岸一二丈远的地方。我想不出这原因，只得跟着大家下了一只划子，渡到汽船边去。

在汽船上，我注意地望着海港，看见大小的轮船非常多，但都停泊在海港的中间，或离岸不远的地方，只有太古公司是特别的。

"听说厦门是一个有名的都市，厦门人有钱的很多，为什么不造码头呢？"我想，心里觉得很奇怪。"由轮船上下都须坐划子，不是很不便利吗？"

我觉得厦门人仿佛是不大聪明的，在这一件事情上。

但是过了几天，我的这种感觉却给我的朋友推翻了，我开始相信厦门人的智慧和力量来。

原来厦门有三大姓，人最多势力也最大。那三姓是姓陈的、姓吴的和姓纪的。纪姓人世代靠弄划子过日子。自从有了轮船汽船，他们的生活受了很大的影响。他们不甘心，因此集合起来，不许轮船公司造码头，不许轮船靠岸。太古公司虽然是外国人办的，而且单独造好了码头，他们也不怕。据说这中间曾经起了许多纠纷，但最后还是穷人们得了胜利，只许码头上的吊桥在轮船停泊两小时后才放下来。

"不准靠岸！"每个弄划子的人都对轮船有着这样的念头。

二、中国首富的区域

到了厦门不久，我忽然听到一个意外的消息，说是我的一个老朋友住在鼓浪屿。于是我急忙坐船到那里去。

鼓浪屿真是一个奇异的岛屿。它很小，费了一个钟头，就可在它的周围绕了一个圈子。这里有很光滑的清洁的幽静的马路，但马路上没有任何种类的车子。这里的房子几乎全是高大的美丽的洋房。

"你看这一间屋子，一定以为是很穷的人住着的吧？"我的朋友忽然指着一间小小的破屋，对我说。"如果你这样想，你就错了。这一类房子里的主人常常是有几万几十万财产的。"

"照你说来，这一个岛屿里全是富人了！"我说。

"自然。穷人是数得清的。以面积或人口做单位，这里是全中国的首富呢！"

"有钱的人全集中在这里，可有什么原因吗？"

"因为这里太平。除了这里，全省的土匪几乎如毛多。"

"你未免笑话了！"我说。"既然土匪那么多，只要混进来一二十个，不就不大太平了吗？"

我的朋友听了我的话，忽然沉默了。我留心观察他的面色，他的眼睑红了。我也就沉默下来，不再提起这事情。我想，大约是我的语气使他感觉到不快乐了。

过了一会儿，我们一道走上了日光岩。这里是鼓浪屿最高的山顶。厦门的都市和其他的岛屿全进了我们的眼睑。

"你看见这边和那边是些什么船吗？"我的朋友指着鼓浪屿的周围的海面，问我说。

我依他所指的方向看去，这里那里停泊着军舰，有的打着日本的旗帜，有的打着英美的旗帜。

我恍然悟到了我的朋友刚才不快活的原因了。我记起了鼓浪屿原来是租给了外国人的。

"你看见这辉煌的铜牌吗？"我的朋友这样说，当我们走过几家华丽的洋房门前的时候。

我给他提醒了。这样的铜牌我已经瞥见了许许多多，以为一定是什么营业的招牌或者住宅的姓名，所以以前并没注意去看那上面的字。

"大日本籍民……葡萄牙籍民……日斯巴尼亚籍民……"我一路走着，一路读着，我觉得我是在中国以外的地球上。

三、球大王

我初到厦门是住在一个学校里。这样可爱的学生，我从来不曾遇到过。他们的身材都很高大结实，皮肤发着棕色的光，筋肉紧绽，一看见他们，便使我联想到什么报上所登的大力士的相片。

皮球是他们的生命，每天早晨，天还没有亮，我已在床上听见操场上的球声了。这声音一直持续到吃早饭，上课。他们永不会感到疲乏，连课间休息也几乎成了运动的时间。每一班都有球队，常常这一班和那一班比赛，这一个学校和那一个学校比赛。有几次我看见运动员跌得很厉害，膝盖上流着血，禁不住自己的心怦怦跳动起来，却想不到他包扎好了，又立刻进了球场，仿佛并没有什么痛苦似的。

在我们江浙人的眼光里，我敢说他们每一个人都是球大王。

除了很好的体格外，他们还有很好的德行。他们有诚挚的态度，坦白的胸怀，慷慨的心肠——而服从，尤其是他们的特点。他们从来不会叫一个教员下不得台，或者可以说，他们不大会感觉到教员的缺点。

"怎么这里的学生这样好呢？"我常常想不出原因来。

有一天，我忽然得到了一个有名的小学校的章程，里面载着详细的规则，有一条是：骂人的学生，罚口含石头半点钟。还有几种的犯规是坐监狱。

这时我才明白了。

四、害人的苍蝇

但是过了不久，我忽然看到另一面了。

厦门有一个学校里的学生，把一个教员围在几十个人的中心，用木棍打破了眼睛，伤了腰背。

另一个学校的校长被学生用手枪击伤了两处。

第三个学校的学生分成了两派，带着手枪和手榴弹抢夺着学校。

我在别处也常常看到过学校里闹风潮的事，但总是离不开罢课、发宣言、贴标语、请愿这些无用的方法，大不了，伸着拳背着木棍。用手枪和手榴弹是不曾听见过的。

"这是这边司空见惯了的，"我的朋友告诉我说，"你该听见过械斗这个名词吧？从前在臧致平统治下，厦门的陈、吴、纪三大姓曾经和台湾人械斗了一年多呢。——你听说过一个苍蝇的故事吗？从前有……"我的朋友开始讲述那个故事了。

"从前有两个异县的孩子在路上走着，遇见了一个苍蝇。它飞到了第一个孩子的鼻子上休息着，给这孩子知道了，他啪的一拳向自己的鼻子上打了去，不料没有打着苍蝇，却打痛了自己的鼻子。这苍蝇给他一赶，便飞到第二个孩子的鼻子上了。第二个孩子也是用力地打了一拳，向着自己的鼻子上打了去，但也没有打着苍蝇，一样打痛了自己的鼻子。于是他大怒了，和第一个孩子争了起来。

"——你不赶它，它不会飞到我的鼻子上来！

"第一个孩子本来打痛了自己的鼻子，心里很不快活，给第二个孩子这么一说，也立刻大怒了。没有几句话，两个人便打成了一团。

"这时第一个孩子的母亲来了。她扯开了他们，问他们厮打的原因。

"你这孩子这么不讲理！苍蝇飞来飞去关他什么事！——第一个孩子的母亲说。啪的一拳，打在第二个孩子的脸上。

"于是这给第二个孩子的母亲知道了。她赶到第一个孩子的母亲面前，说：'……你这女人这样不讲理！孩子打来打去关大人什么事！'第二个孩子的母亲这么说着，也是啪的一拳，打在第一个孩子的母亲的脸上。

"于是这一村里的人跑出来了，他们不肯甘休。那一村里的人也不肯甘休。最后两村的人都自己集合起来，成了对垒，互相残杀攻击，死了许多人，结下死仇——"

我的朋友的话到这里终止了。他使我否认了"口含石头半点钟"的罚规的效力。

五、可怕的老鼠

四月的中旬，我到厦门才一个月，忽然发生了一件极其可怕的现象。这现象不仅笼罩了厦门、鼓浪屿、集美，连闽南各县都在内了。

在这事情发生的前几天，我在报纸上读到了一条新闻，标题是"某街发现死鼠"，底下一连打着三个惊叹记号。

我很奇怪，死了一只老鼠，也有在报纸上登载的价值。细看这条新闻的内容也极平淡无奇，只报告这只死鼠发现在某处罢了。

站在我背后看报的两个学生在用本地话大声地说着，我听出两个惊骇的字眼："啊唷！"底下就听不懂了。

我转过头去，看见他们的眼光正注视在报上的那条新闻。

"难道这和'苍蝇'一样含有重要的意义吗？"我想。于是我问了。

"黑死症！可怕的黑死症又来了！"他们说。

"黑死症是一种什么样的病呢？我没有听见过。"

"一种瘟疫！又叫作鼠疫！"

于是他们开始讲了起来。

原来这是闽南最可怕的一种瘟疫。每年春夏之间，不可避免地必须死去许多人。它的微菌生长在鼠的身上，传染人身非常迅速。被它侵占的人立刻发高度的热，过不了一星期就死了。死了以后常常在颈间、手指间或脚趾间，以及胁下、胯下发出结核来。以前死的人多常常来不及做棺材，一家十余口的常常死得一个也不留。近来外国人发明了防疫针以后，虽然死的人减少了一些，但许多人还是听天由命不愿意注射，而且直到微菌侵入，防疫针就没有效力，此外也就没有什么药可救了。

一星期以后，空气果然一天比一天紧张起来，报纸上天天登着某处死了多少人，某处死了多少人。我的耳内也时常听见死人的消息。这时防疫运动开始了，大扫除，注射，闹得非常纷乱。我们学校里死了几个人，附近的街上死的还要多。但是一般民众只相信神的力，这里那里把菩萨抬了出来。

我的一个朋友寄寓的一家本地人，甚至还把死在外面的人抬到屋内来供祭，入殓了以后，在厅里放上半月。

我虽然打了药水针，但完全给这恐怖的空气吓住了。偶然走到街上去，就看见了抬着的棺材，听到了哭声。

天灾人祸，未来在哪里呢？

六、人口兴旺

然而未来究竟是有的。天灾人祸虽然接连着，人口可并不会有减少的现象。他们只要一个人和财产一起，人口就会立刻兴旺的。

似乎就因为死的人太多的缘故吧，本地女子的地位因之抬高了。本地男子要讨一个妻子，总须花上很多的聘金。

我的老朋友所在的一家报馆里，有一个担水工人曾经出了七百元聘金讨了一个妻子。他的另外的一个朋友是曾经出了三千元聘金的。

这样一来，人口似乎应该愈加少了？然而并不如此。他们有很聪明的办法的。

有一次，我的老朋友忽然带了一个六岁的小孩来，说是宁波人，要我和他用宁波话谈谈。我很奇怪，我的朋友居然会在这里寻到别的宁波人，而且把他的孩子也带来了。

那孩子穿着不很整洁的衣服，面色很难看，像是一个穷人的儿子。我想，一定是我的朋友发现了一个流落在这里的宁波人，想借同乡的观念，来要我援助了。

于是我便说着宁波话，请他走近来。

但是他没有动，露着怯弱的眼光。

"你是哪里人呢？"我仍用宁波话问他。

"呒载！"他说的是厦门话，意思是不晓得。

"怎么？是厦门人吧？"我问我的朋友说。

"是宁波人，他有点怕生哩！"

"你姓什么呢？小朋友？"我又问了。

"呒载！"他摇着头说。

"几岁呢？说吧，不要怕呵！"

"呒载！"又是一样的回答。

"用上海话问问看吧！也许是在上海生长的。"我的朋友说。

于是我又照着办了。但他的回答依然是这两个字。

"到底是哪里人呢？"我问我的朋友说。

"老实说，不清楚，只晓得宁波那边人。"

"你从哪里带来的呢？"

"一个朋友家里。他是从人贩子那里买来的。"

"不犯法吗？"

"在这里官厅是不禁止的。花了一二百元钱，就可买到一个。本地人几乎每家都要买一两个的。"

我给他说得吃惊了。这样的事情，我从来没有听见过。

"这孩子到这里快半年了，"我的朋友继续说，"他从来不说话，偶尔说了几句，也没有人听得懂。他只知道说'呒载'，无论他懂得或不懂得。仿佛白痴似的，据说他到这里的头一天，脱下衣服来，一身都是青肿的。显然人贩子把他打得很厉害。他只会说'呒载'，大约就是受了人贩子的极大的威迫的缘故了。这里是一个人口贩卖的倾销市场，也就是人口贩运的总机关。来源是上海，上海的每一只轮船到这里，没有一次没有贩卖人口。……"

我给这些话惊得呆住了。

七、罗马字拼音

厦门话真不易懂，跑到那里好像到了外国一样。就连用字，也有许多是我们一时不容易了解的。学校的布告常常写着拜六拜五，省去了一个"礼"字。街名常常连着一个"仔"字。从某处到某处的路由牌，写着"直透"某处。

有一次，我看见街上有一个工厂，外面写着很大的招牌，叫作某某雪文厂。我不懂得"雪文"是什么，跑到门口去一看，原来里面造的是肥皂，才记起了英文 soap，世界语的 sapo，法文的 savon，而厦门人叫肥皂是叫作 sapon 的。

我的老朋友告诉我，厦门话古音很多。如声方面，轻唇归重唇，如房读若旁；舌上归舌头的，澈读若铁，娘日归泥，娘读若良，人读兰。韵方面：有闭口韵，如三读 sam，今读 kim，人声带阻，如一读 it，十读 tsap，沃读 ok。

然而，我的那位老朋友虽然平日在文字学和音韵学方面有特殊的修养，在厦门已经住上三四年了，他还是不大会说厦门话。

同时，厦门人学普通话，也仿佛和我们学厦门话一样困难。虽然小学校里就教国语，到了高中甚至大学的学生还不大会说普通话。他们写起文章来常常会把"渐"写作"暂"，把"暂"写作"渐"，而"有"字尤其容易弄错。

但是有一天我却看到了一种特别的异象。我看见许多男女老幼从一家教堂出来，各人都挟了一两本书。这自然是《圣经》之类的书了。

"他们都受过很好的教育，都认得字吗？"我实在不相信；

他们中间明明是有许多太年轻的人或工人似的模样的。

一次，我在一家商店里买东西，瞥见了柜台上一张明信片。那上面全是横行的罗马字，看过去不是英文、法文、德文、俄文。

"怎么，你懂得罗马字拼音吗？"

"是的。我们这里不会写中国字的，就学这个。"

"谁教你们的呢？"

"在教会里学的。"

"不是北平弄注音字母的那几个人发明的吗？"

"我们不知道。我们这里已经用了很久了。教会里的书全是用罗马字拼本地音的。"

我明白了。我记起了鼓浪屿有一家专门卖《圣经》的书店，便到那里去翻看，果然发现了全用罗马字拼厦门音的《新旧约》以及各种书籍，而且还有字典。据说是教会里的外国人所发明的。

八、永久的春天

我爱厦门，因为在这里的春天是永久的。

没有到厦门以前，我以为厦门的夏天一定热得厉害。但到了夏天，却觉得比上海的夏天还凉爽。

"上海的冬天冷得厉害吧？我们这里的人都怕到上海去哩！"

这话正和我到厦门去以前的心理是成为对比的。

没有离开过厦门的人，从来不曾见过雪。厦门的冬天最冷的时候也有四十五度。草木是长青的。花的季节都提早了。离开繁盛的街道，随地可以看见高大奇特的榕树，连茅厕旁都种满了繁密的龙眼树。农人们一年播两次秧，还可以很从容地种植蔬菜。在我们浙江人种的不到一尺的大蒜，在厦门却长得和芦苇差不多。岛上的山石大多是花岗岩。山峦重叠地起伏着。海涌着，睡着，呼号着，低吟着。晴朗的黄昏，坐着一只小舟，任它顺流荡去，默默地凝神在美丽的晚霞上，忘却了人间苦。狂风怒鸣的时候，张着帆，倾侧着小舟，让波浪汩汩地敲击着船边，让浪花飞溅在身上，引出内心的生的力来。黑暗的夜里，默数着对岸的星火，静静地前进着，仿佛驶向天空似的。

这一切，都告诉了我，春天在这里是永久的。

南国的梦

巴　金

　　一个星期以来，许多报纸上关于鼓浪屿的记载使我想起一些事情。我好久不曾听见那个地名了，我以为我已经忘记了它。

　　这半年来我忘记了许多事情，我也做过不少的噩梦。在梦里我不断地挣扎，我和一切束缚我的身体的东西战斗。梦魇常常压得我不能够动弹。我觉得窒闷。最近一连三四个月，我就做着闷得人透不过气来的梦。……鼓浪屿这个地名突然冲破梦的网出现了。它搅动了窒闷的空气。……我现在记起那个日光岩下的岛屿，我记起一些那里的景象和住在那里的朋友。我记起我从前常常说到的"南国的梦"。

　　我第一次去鼓浪屿，是在一九三〇年的秋天。当时和我同去的那位朋友今天正在西北的干燥的空气里，听着风沙的声音，他大概不会回忆南国的梦境罢。但是去年年底在桂林城外一个古老的房间里，对着一盏阴暗的煤油灯，我们还畅谈着八九年前令人兴奋的旅行。我们也谈到厦门酒店三楼的临海的房间。

当时我和那位朋友就住在这个房间里。白天我们到外面去，傍晚约了另外两三个朋友来。我们站在露台上，我靠着栏杆，和朋友们谈论改造社会的雄图。这个窄小的房间似乎容不下几个年轻的人和几颗年轻的心。我的头总是向着外面。窗下展开一片黑暗的海水。水上闪动着灯光，漂荡着小船。头上是一天灿烂的明星。天没有边际，海也是。在这样伟大的背景里，我们的心因为这热烈的谈论而无法安静下来。有一次我们抑制不住热情的奔放，竟然匆匆地跑下码头，雇了划子到厦门去拜访朋友。

划子在海上漂动，海是这样大，天幕简直把我们包围在里面了。坐在小小划子里的我们应该觉得自己是如此渺小。可是我们当时并没有这样的感觉。我一直昂起头看天空，星子是那样得多，它们一明一亮，似乎在眨眼，似乎在对我说话。我仿佛认识它们，我仿佛了解它们的语言。我把我的心放在星星的世界中间。我做着将来的梦。

这是南国的梦的开始。我在鼓浪屿住了三天，便在一个早晨坐划子把行李搬到厦门去，搭汽车往前面走了。

美丽的、曲折的马路，精致的、各种颜色的房屋，庭院里开着的各种颜色的花，永远是茂盛和新鲜的榕树……还有许多别的东西，鼓浪屿给我留下的印象是新奇。我喜欢这种南方的使人容易变得年轻的空气。

在一个古城里我们住下来。我在改建后的武庙里住了一个月光景。我认识了一些朋友，也了解了一些事情。在那里一间古老的小楼中，我发烧到 38.8 摄氏度以上，但是我始终没有倒下去。

我反而快乐地帮助朋友料理一个学校的事情。在这个学校里我第一次会见那个后来被我们戏称为"耶稣"的友人。他喜欢和年轻的学生在一起，他常常和他们谈话四五个钟点不间断。他诚恳地对他们谈着世界大势和做人的态度。

他在这个学校教书，同时还在另一个校址在文庙的中学兼课。他比我迟两三天来到古城，我和他见面的时间并不多。我们分别的时候，我记得他穿着蓝色西装上衣和白色翻领衬衫，服装相当整齐，他可以被称为漂亮的青年。

两年后的春天里，在上海"一·二八"战争结束以后，我搬出我留在闸北的余物，寄放在亲戚的家中，便和一个年轻的友人同一路再做南国的旅行。

我又来到鼓浪屿了。两年的分别使我看不出它有什么改变。我和年轻朋友在那没有汽车、电车或黄包车的马路上散步，沿着蜿蜒的路走上山去。我们还在有马来人守门的花园里，坐在石凳上毫无顾忌地谈着种种事情。但是傍晚我们却不得不冒雨回到厦门的住处去。第二天一早我们又往那个古城走了。

到了古城，在这天的黄昏我便到那个文庙里的中学去看"耶稣"。是的，在这时候他已经得着"耶稣"的绰号了。不过他自己并不知道，只是几个朋友私自地这样称呼着。我在学校的办公室里遇见几个朋友，我正和他们谈话，忽然一个人在后面拍我的肩膀。我回过头看，迟疑了一下，我记不起这黑瘦的面貌，但是那双奕奕有神的眼睛不能够是别人的。

一定是他。我便伸出手去。我看他的微驼的背，我看他一身肮脏的灰布学生服，我看他一头蓬乱的头发，我看他陷入的两颊。

"你看我做什么？你不认识我吗？"他坦然笑问道。

我也只好微笑。我不能对他说他瘦得多了，老得多了，他的健康坏了。我不能够。我只说想不到两年的工夫他竟然成了这个学校的主持人。

晚上我睡在他的房间里，他们为我安置了帆布床。煤油灯被吹熄后，一屋子都是蚊虫声。他却睡得很好。我不能睡。

我睁开眼睛，望着阴暗的空间，我想到今天听见人谈起的这个朋友的痔疮和虱子的事。两年前他穿着翻领衬衫的姿态在黑暗中出现了。这两年间一个人的大量牺牲和工作成绩折磨着我。我拿我自己的生活跟他的相比。我终于不能忍受这寂寞，我要出去走走。我翻身站起来，无意间一脚踏灭了蚊香，发出了声音，把睡在对面帆布床上的他惊醒了。

"你做什么？还没有睡？"他含糊地问道。

"我闷得很。"我烦躁地回答。

"你太空闲了。"他梦呓似的说了这一句，以后就没有声音了。我再说话也听不见他的回答。

的确比起他来我太空闲了，也许太舒服了罢。但是难道他就比我有着更多的责任？这是苦恼着我的问题。

我在这间房里和他同住了一个多星期，看惯了他怎样排遣日子。我离开他的时候，他依恋地对我说，希望我将来还能够再去。他又说："倘使学校还能够存在的话，你下次给我们带点书来罢。"

在汽车中我和那个陪伴我的朋友谈起"耶稣"，那个朋友担心着他的健康，说起他每次大便后总要躺一两个钟点才能够做事的话。我把那个朋友的每一个字都记在心上，我说我要和另一些朋友想一个妥当的办法。

我的办法并没有用。但是我却不曾忘记朋友的嘱咐，为那个学校的图书馆捐了两箱书去。学校虽然还处在风雨飘摇的境地，可是它已经克服了种种的困难而继续存在了。第二年我又去访问那个学校。这一次是和一个广东朋友同去的。去年在粤汉路银盏坳小站的废墟中，我们在残毁的月台上候车的时候，我还和这个朋友谈起那一次的旅行。我们重复说着一九三三年我们两人在鼓浪屿厦门酒店中（还是那同样的房间）谈过的话。我们谈论着我们的朋友"耶稣"。这是八月的夜晚，工人们忙碌地在被炸毁的车站房屋的旁边建造一间简单的茅屋，他们有的还爬在屋梁上用葵叶铺盖屋顶。我曾经指着这茅舍对朋友说："这就是我们'耶稣'的工作，他会把碎片用金线系在一起，他会在废墟上重建起九重宝塔来。"

他的确能够在废墟上重建宝塔的。我们第三次在学校里看见"耶稣"，他显得更瘦、更弱了。他过着更勤苦的生活，他穿着更破烂的衣服，他花去不少的时间和学生们谈话，他热心地对几班学生讲授数学的功课。这一次我们谈了不少的话，商量了不少的事情。但是每一次我提到他的病，说起他应该休养的话，他总是打岔地说："我们不会活到多久的，我们应该趁这时候多做一点事情，免得太迟了。"

我看见他用过度的工作摧残自己的身体，我看见他用自己的生命换来一点点工作成绩。我不能够责备他。我倒应该责备自己。我们的确太需要工作了，我自己不能代替他工作，别的空话什么都没有用。这个学校里充满着殉道者的典型，但是他比别人表现得最完全。在他们的面前我显得太渺小了。在他们中间我做了几天的美丽的南国的梦。

一个多月以后我游历了广东乡村回来，路过鼓浪屿，我们的船停在海中，在开船前的六七小时，两个朋友从古城赶到了。他们到船上来看我。我们三个人坐划子到那个美丽的岛屿去。这一次我们攀登了日光岩，在最高的峰顶上眺望美丽的海。我们剥着花生，剥着荔枝，慢慢地吃着，慢慢地把荔枝皮和花生壳抛到下面海滩上去。我们听着风声，听着海水击岸的轻微的声音。我们畅谈着南国的梦。我们整整谈了两个钟头，我们愉快地笑着。我的眼前尽是明亮的阳光和明亮的绿树。在这个花与树、海水与阳光的土地上我们做了两小时的南国的梦。但是吃过中饭我应该回轮船去了。

这两个朋友把我送到船上。我们分别的时候，我把剩余的旅费拿出来托他们转交给"耶稣"，要他用来治病。这只是一个关心他的友人的一点敬爱的表示。

船到下午五点多钟才离开厦门。它掉转身的时候，我还留恋地投了一瞥最后的眼光在那形状奇特的岩石上，还有岩石中间的小桥，先前我们明明走过的，现在它显得这么高，这么小。但是船再一转动，鼓浪屿便即刻消失了。我的眼前只有花和树、海水和阳光。

在上海我得到"耶稣"的信，知道他不曾医病，却用那笔款子帮助了一个贫苦的学生读书。第二年在北平朋友告诉我"耶稣"带了二十多个学生到上海，预备做徒步旅行。又过一年在东京我知道"耶稣"又带着十几个学生第二次到北方徒步旅行。这个患痔疮的人简直在戕害他自己了。

我从东京回来，不久他也从北方旅行归来了，这一次他坦白地说出他的身体有点支持不住的话。这是第一次。话进了我的耳里，倒使我的心发痛了。我以为我们有理由说服他留在上海医病。但是他依旧坚决地跟着这一班学生走了。临行时他还留恋地说他愿意和我们在一起工作的话。

一九三七年夏天他离开了古城，到广州去。他也许是抱着医病的目的去那里的。这对于我们是一个好消息。但是"八·一三"民族解放战争的爆发，点燃了他的沸腾的血。他怀着不能抑制的热情回到那个古城去了。我知道在那里有着更忙碌的工作等待他。我相信他会把他的工作范围扩大。在那里还有不少富于献身精神的青年朋友给他帮忙。

这一次我不能再拿疾病作理由来劝阻他了。这是他的责任，因为他比别人有着更多的机会和能力。我们民族的生存和自由受到侵害的时候，保卫它们便是我们的第一件工作。他就是这样主张的。现在轮到他来实现他的这个主张了。以他那样的毅力和能力，一定可以做出比过去更大的成绩来。

我去年十月从广州出来以后，走了不少的地方，始终没有直接得到"耶稣"的信息。不过我从别处知道他忙碌地在古城里工作。他准备着有一天用有组织的民众的力量来歼灭侵略者的铁骑。

现在鼓浪屿骚动起来了。铁骑踏进了花与树、海水与阳光的土地，那个培养着我的南国的梦的地方在敌人的蹂躏下发出了呻吟。

然而使我激动的是行动的时刻到了。鼓浪屿的骚动一定会引起更大的事变。铁骑深入闽南的事情是可以想到的。敌人也许不会了解，但是我更明白，倘使敌人果然深入肥沃的闽南的土地的话，那么在那里得到的一定不会是胜利，而是死亡。那时我的南国的梦中最"奇丽"的一景便会出现了。

我怀念着南国的梦中的友人，我为他们祝福。

港仔后日记

郭 风

港仔后在厦门鼓浪屿的日光岩下，为风景区和良好海浴场。

12 月 16 日

上午二时三十分抵厦门。住鼓浪屿友人处。

就寝前，从窗前的樟树、木棉树的夜影间望到天上有个明月。有潮声自港仔后海浴场传来。这时，仿佛有些许诗情来到胸前。

12 月 17 日

晨五时起。用冷水盥洗毕，便往港仔后走去。多年未到鼓浪屿，树影迷离间，一时找不到港仔后的道路，好在前面有海潮声。循声而行，绕过两道小径，到底走到日光岩下的广场前来了。广场上，海边沙滩上，路灯颇明。因此夜气虽重，我尚能辨

051

识出来，广场近年栽上多种棕榈科植物了，这很好。这些生长于热带、亚热带的观赏树木，高高的茎顶有孔雀翎一般的羽状复叶。它们所表达出来的某种情调，使我欢喜。

我坐在沙滩前一只游椅上面对海湾和天空。多年未到此地，对此地海湾和天空有些许陌生之感。由于夜气重？由于天阴，空中都是阴云？以致海天沉黑。坐了多久之后，忽地看到凝固于天上的暗云松动了。有一颗星，一颗亮度很强的星，出现于云的窟窿间。我无端地有一个想法，以为此刻如果能够用心观察云的变化，心中将得到欢乐。

但是，看望着云，仅仅感到自己的联想或想象，一时比较活跃了。先是，我笼统地感到天上有一幅泼墨的中国山水画。其后，感到那里出现一座鹰嘴岩，一片椰子林，几辆马车。其后，那里出现一座废城，一座古堡，出现八达岭上的长城，出现古罗马一座圣殿的遗址。而且我竟然感到，那是保存完整的遗址，其上有一颗苍白的星，有欲曙的天。

想象和幻觉时或相伴而来，它真是很有趣的一种内心活动。

12 月 18 日

晨，五时起。冷沐毕，即往港仔后走去。天上有很多星。我坐在沙滩前的游椅上。忽地想到我曾作一文（发表于哪个刊物一时竟想不起来），其中写到我对于星空的某种联想、情感。这便是：我曾感到夜空中繁多的星，如百合花、油菜花开放于天庭，等等。但在此刻，呼唤不回来此类联想了。我只单纯地感觉到，此刻所见空中的星，很亮。

凡美，总很单纯、总很简洁，或者，总以平易的方式表达其存在的吗？

（如果有朝一日，我写成一文——不是日记——表达此刻对于港仔后空中的星的感觉，那么用"很亮"二字，传神了，足够了！）

天上出现曙色时，我看到广场上的散尾葵、华盛顿棕榈、桃椰，等等，诸种热带、亚热带树木，在风中摇动。此刻，它们像在叹息，它们像在赞美什么，一时捉摸不住。

12 月 19 日

晨，五时四十分始到港仔后（贪睡！比前二天迟到至少一刻钟），我看到东边远处有一道暗黄色的、暗红色的光的长带，长约数十丈，横于海上；余皆黝黑，不可分辨。

我注视这道光带许久，想了许久。想不出它是什么？是什么光？是哪儿来的光？心中有些疑惑。

我走到沙滩上散步，想起一件往事。1973 年秋，我从旅居多年的闽北一个小山村回福州后不久，到鼓浪屿小住多时。一天下午，和一位友人在此沙滩上散步，走到西边快要接近一大堆礁石处，看到两棵枣椰树。友人告诉我，此种树亦称波斯枣椰，可能从北非洲或是地中海沿岸移植过来的。这使我很感动。我至今记得，那时，港仔后颇见荒凉，树木很少，这个风景区好像还在经历着忧患。我看到这两棵热带树木，各自独立于沙滩边的泥土中，有点寂寞，有点严峻，有点不易察觉的傲慢。不知怎的，它们使我欢喜。

我记得，于我不经意之间，友人在此两棵树前为我拍下一帧照片。

我又看到这两棵枣椰树了。多年未到此地，难得的是我对它们无陌生之感。呵，此刻，它们心中有丰富的情感？它们的性格比较沉毅了？它们有点耽于思考了？

此刻，天上已出现曙色。我看到东边与海平线相接之处，有一道柠檬色的、玫瑰红的光的长带，长约数十丈，其上、其下均为暗云的长带。这一道光的长带，刚才在我的错觉中，误认为是出现于海面的一道光带。现在始知，它实乃日出前反射于天际的冷静的光焰，甚美。

12 月 20 日

晨五时起。沐毕，上日光岩。何以要上日光岩来？要登高看海？看日出？有此必要？不知怎的，登上岩巅后不久，便觉心中不很充实，情意恍惚。

我凭着岩上的栏杆眺望着海。有点奇怪的自我感觉：以为我与港仔后的沙滩和海湾距离远了；海对于我有点冷淡了……

我忽地想起狄德罗（Denis Diderot，1713—1784）曾经说过："如果没有情感，则无论道德文章就都不足观了，美术就回到幼稚状态，道德也就式微了。"这段话，记得可能是在五十年代才记下来的，不知何故，颇为赞赏。

我想，此刻内心欠缺一种情感——或者，是否可以说，欠缺狄德罗所称的一种情感？对此，我以为他指的是一种诚意，一种真诚的情感，因而他才说，无此情感，道德也就式微了。

下日光岩，天已微明。看见岩麓有众多的、繁茂的三角梅，花正盛开。这使我欢喜。我又漫步到港仔后，看见菽庄花园东侧，岩石、疏林后面的天空中，有一片霞彩的光焰在燃烧。

12 月 21 日

晨，五时起。沐后至港仔后。我看见月亮西沉的情况。好像这是初次，我知道月亮有一种朴素的、平易的、温柔的品质。记得 1979 年春，我曾整理旅居于闽北时暗中所作的一则短文，题作《秋天的晚霞》予以发表。我尽自己力之所及，以最浓的笔墨描绘日落时西天的绚丽和热情，表达自己内心对于自然美的感知和渴望。此刻，我看到月亮十分平静地向西边的海上沉落下去。此时，天晴朗，海清朗，四周被清光普照，十分柔和……

我有一个想法，人性的朴质的美，人的谦虚的德行，在文学作品中不易真切表达出来。自然风景中的朴素美，那种柔和中的热情，好像亦难传达。

我看见海滩前不远的海上，此刻有几条小木船，未上帆，其旁有更小的驳船。

在小小的规模中我们能看见美的本形。

在短短的尺寸里也能有完美的生命。

——Ben Jonson（1572—1637），《巨橡和百合》

看到海上几只小船，不觉念起诗来。我想到，我在前些天的日记里记下这样的感觉：当海上看不到船只时，海闲得如荒漠。

12月23日

冷沐后，发现窗外有雨。我把电灯扭暗。我站在窗前，听见有海潮声自木棉树、樟树的朦胧的夜影间传来。这种潮声，听来好像每刻都传达一种情意……

心中有一种有趣的怀念之情。怀念其实近在五六百米之外的海湾和沙滩，怀念曙前独立于沙滩边泥土中的两棵枣椰树。

我站在窗前，随心所欲，想来想去，想得真多。我想，海上此刻有木船么？我想，把木船喻为开放在海上的花朵，妥否？我想，海爱雨天么？我想，从港仔后空中降下的小雨，此刻落在两棵枣椰树上了；小雨滴在它们的树叶上，能弹出一支好听的歌么？

奇怪的是，我会想起毕加索的一幅画来。20年代初叶，这位一生不倦追求道德美和艺术美的大师，从立体派转向新古典派期间，用不透明的水彩颜料作了一幅尺寸奇小的画，题作《海边的两个女人》（1923年）。此幅画，描绘了海和天空、风和云以及少女的喜悦。

我想，此刻有两个少女在雨中的海滩上奔跑，像毕加索所画的……我想，如果我能够以颜色和线条、光和阴影，描绘一块礁石或一棵树；如果我能用七弦琴弹出雨的声音——想到此，我心中忽地有点儿童般的害羞，便没有再想下去了。

12 月 25 日

晨，五时起。冷沐后即往港仔后。在沙滩上散步许久，在枣椰树前的礁石上坐了许久。心中不时浮起些许离情，这颇为难受。

早饭后，离鼓浪屿。

白鹭和日光岩

何 为

一千年前，两千年前，也许三千年前，在祖国的东南海岸上，有这样一个杳无人烟的地方。岸上漫山遍野到处栖息着美丽的白鹭。白鹭成群结队不知从何处飞来，就在这片没有人类足迹的荒土上择地而居，一个世纪又接着一个世纪繁衍下去。它们含辛茹苦从别处衔来了奇异的花果草木的种子，荒岛上就长出了嘉禾稻的幼苗，长出了艳艳的亚热带植物。岁月悠悠，天长地久，白鹭在这里绵延不绝，海岛上逐渐形成适应于生物居住的良好条件，成为一个名副其实的鹭岛。这就是在明洪武以前，厦门一直以鹭岛命名的由来。

在当地居民中间，关于白鹭的故事世世代代流传已久。传说白鹭开辟了海岛以后，来自异域的凶残的蛇妖企图以暴力霸占白鹭辛勤耕耘的家园。善良的白鹭终于群起应战，经过几次激烈的生死斗争，终于把蛇妖逐出了鹭岛之外。自由战胜奴役，光明征服黑暗，古代劳动人民用幻想编织神话，给这个海岛带来一种瑰丽的传奇色彩。啊，至今还有一些人看见过白鹭的踪迹，就在古老的榕树浓荫里。白鹭细脚伶仃地插足其间兀自低昂，时或用尖尖的喙，梳栉它身上毵毵然如丝的白色羽毛，在那些惊涛拍岸的海上之夜，在老人们模糊的记忆中。

人们记忆中的往事已经远去。到了厦门不久，不料我也看见了白鹭，而且随时随地都可以发现它的存在。当一个风尘仆仆的远道旅客从火车上下来，接待他的第一个去处往往是巨石砌成的鹭江宾馆：从大厦高楼上临窗俯瞰，大海闪闪的波光迎着朝阳或落日映入室内，那是横贯于厦门与鼓浪屿之间的鹭江海峡；江边闹市，车辆和行人往来不绝的海滨大道称作鹭江道。上街去，三轮车有白鹭标记，电影院少不了以鹭江为名，飞翔在灿烂的舞台灯光下的是新排的舞剧《白鹭》。从一瓶有名的醇酒到一包最新出品的高级烟，乃至一件细小的日常生活用品，“鹭”字为记的商标货品几乎比比皆是。走过厦门的弧形街道和道旁到处设有廊檐的人行道，商店橱窗里用白鹭作装饰的不胜枚举，有时会使人产生满街白鹭之感。白鹭真是无所不在，我甚至于想说，屹立在海防前线的英雄城市厦门有一种白鹭精神。

从历史上看来，厦门在历次反帝斗争中写下了令人难忘的篇章，一条鲜明的爱国主义红线贯穿了史页。远在 14 世纪和 15 世纪，葡萄牙、荷兰和西班牙的殖民主义者先后侵入其境。随后是倭寇多处沿海骚扰，明朝名将戚继光曾经在这里抗敌御侮。鸦片战争后，帝国主义割据厦门为五口通商口岸之一，抗日战争时期又遭日本帝国主义的蹂躏，满目疮痍。好像每隔一个时期，总有一批外来的蛇妖冒险入侵，最后又终于以它们可耻的失败而告终。

白鹭飞过了历史的长河，栖息在热爱和平而又不惜以斗争保卫自己家园的厦门人民中间。它是坚强精神的象征，勇敢、勤劳和智慧的化身。它长驻在人民心里是永远不会飞去的。

晴秋时日，南方海滨温暖有如暮春。一个下午，我们到厦门市区以北瞻仰烈士陵墓。海滨城市多巨岩大石，沿着山坡有一条坦坦荡荡的石板大道笔直向前，远远就看见一座修长耸拔的烈士纪念碑，矗然而立。石碑上八个辉煌的金字"烈士雄风永镇海疆"衬着蓝天白云相互辉映，浩浩茫茫，直连寰宇。纪念碑的底座有三四层，层层叠叠数十级石阶，四面围着它。后面是一座庞大的圆形烈士墓，足足有三四十步才能环绕一匝，走上一圈一圈团团围起的台阶，踮起足尖来勉强能看到平坦的墓顶上有两扇小铁窗。

在这里徘徊良久，摄影留念。

厦门市街向以光洁明净著称，烈士陵园一片白石更像洗涤过一般纤尘不染。道旁刚刚栽培的小凤凰木树苗，一棵接连一棵，矮矮小小的就那么一点点，每棵树上疏疏落落挂着嫩绿色羊齿形的小树叶，在微风里轻轻摇摆，可爱极了。当小凤凰木长大了蔚然成林的时候，陵园的大道上当又是一番茏葱景象。每年五六月间是凤凰花盛开的季节，繁华覆盖着树顶，远远近近一片绯红。从远处看去，上面一层红花，中间夹一层绿叶，下面又一层红花，红绿交织，形成一幅光艳四溢的彩绘。如是直至八九月间，在那些日子，整个厦门几乎是红花满城。

　　陵园背后，越过交叉的铁路线，有一条意想不到的崎岖山径，隐藏在一簇簇多刺的仙人掌和野生的灌木丛中，蜿蜒直上，通向全市高处岩石重叠的地方。信步登临黑褐色的巉岩，偶一回首，只见厦门市区密集的屋顶俱在眼前，市区尽头的鹭江海峡微波闪烁，如同隔着一条银亮的白练。晚烟四起，在黄昏夕照里，鼓浪屿有如童话中一幅精致的五彩插图。远处的大海烟雾迷蒙，若隐若现漂浮着一小座空灵的山岛。岛上小巧玲珑的楼台亭阁掩映着葱葱绿树，缥缥缈缈，似乎可望而不可即。有人指点给我看，鼓浪屿全岛最高的山就是有名的日光岩。

　　日光岩之游，是在第二天上午。从厦门搭渡轮到鼓浪屿只消几分钟，登了岸，走不上数十步就踅进曲曲折折迷人的小街小巷。窄窄的甬道高低起伏，依山而筑，深巷里花香浮动。合欢树细枝密叶柔柔地沿街飘拂，凤凰木成堆的树叶像绿色的层层云片，遮掩着一幢幢小楼，影影绰绰的。墙头藤萝蔓生，时或有一丛丛早开的象牙红悄然探出头来，喜滋滋地红艳照人。长巷仄径，庭院深锁，疑是无人居住，忽然随风吹来飘忽的钢琴声，钢琴诗人肖邦的《升 F 大调夜曲》带着春日迟暮的气息，明亮而又迷茫。芬芳的音符款款飘垂，飘垂在小巷深处，犹如瓣瓣落花消逝在春水里。曾经有一个时期，鼓浪屿所有的钢琴，其密度有全国之冠。在这座小海岛上，没有车马之喧，纵横交错全是诗意馥郁的街巷，全是阳光、鲜花和音乐。无怪有些外宾赞不绝口，把这里视作超越瑞士的全世界最好的一处疗养地。

　　具有历史意义的日光岩位处海岛中心。沿山拾级而上，经过郑成功水操台的石寨门，门框厚实窄小，仅容一人通行。抚摩着岩层剥落的门框，怀古之情油然而生，停留了好一会儿。由此再攀登石径向上走，穿过"古避暑洞"，顿时感到寒气逼人，洞上覆盖着一块巍巍然庞大无比的巨岩，仿佛以千钧重担之势压在每一个穿行的游人头上。岩石四壁还留着当年半壁城垒的遗迹，城堞上苔痕漫漶，岩壁间枯藤牵连，这就是三百年前郑成功训练他的水师准备收复台湾的一个水操台。

我们一个一个挨次攀上一座狭长的铁梯，在洞口探身而出，顶上是一个圆形的小平台，至多只能容一二十人驻足而观。到了这里是日光岩之巅，也是我们全程的顶点。海风凌厉劈面而来，使人摇摇晃晃站不稳脚。凭着铁栏杆迎风伫立，视野与天际平陲。眼前一片红瓦接堞的屋顶，在丰满的浓绿之间，处处点缀着鹅黄色的、天蓝色的、月白色的疗养院。四顾海天澄碧，风烟俱净，大担岛和二担岛都在指顾之间，不由使人遐想三个世纪以前古代水寨的情景。据史书记载，当时郑成功统率一支战斗力强大的水师部队，经常在此指挥操练，艨艟巨舰，旌旗蔽空，金鼓喧天，等待着出师远征的一天指日到来，那该是如何惊心动魄的壮观景象！

从1662年2月1日郑成功收复台湾，到1962年2月1日，风风雨雨三百年过去了。为了纪念这一天，日光岩的水操台石寨门边上，正在修建一座郑成功展览馆，让每一个游人都在这里温习一下历史。

我们盘山下行，在金黄色的秋天海滨流连忘返。忽然滔滔白浪从天际滚滚而来，银白闪亮的波涛推涌追逐，渐渐由远而近，越近越高，愈高愈响，宛如千军万马挟着雷鸣一般的轰然巨响奔腾骤至，一片呼啸之声直逼沙滩。浪花激溅，跳跃，喧哗，有若一种激情的召唤响彻耳边。我向着大海，凝视着万顷烟波，在辉朗的秋日晴阳下，有几艘在海岸线上往来游弋的舰艇乘风破浪驶向远方，随着舰艇向前航行，留下一条长长的闪光的波纹。我霎时想得很远很远。

鼓浪屿

殷碧霞

鼓浪屿是个非常小的岛，位于中国东南沿海的厦门口岸。

这里气候宜人。夏日有着清爽的微风，冬天无雪，也不寒冷。对中国的港口而言，它是极好而健康的地方。

这里的景观迷人。岛上主要有四座山，还有一些较小的山丘，其中两座因着不同的形状而得其中文名称。几乎每家每户都能看见这些山，因为它们离住家都不远。山上多石而少树，巨大的岩石覆盖了山顶和山坡。很早以前，这个岛为世人所忽略，没有房子，但中国人把它用作坟地，山上遍布离奇精巧的坟墓。

这里的住家很舒适。其中一些是中国式的，只有一层高。现在这个美丽的小岛为很多人所喜爱，也变得拥挤了，人们不得不兴建两层高的楼房。但一楼作为卧室来用是相当安全的，因为并不潮湿。60年前很少中国人想要住在那里，只有一些房屋的废墟，那是小刀会驻扎时所毁掉的。但现在已经看不到这些废墟了，它们已经被新建筑所取代。

道路非常陡和窄。岛上没有马车和汽车，但有着非常舒服和安全的轿子，轿夫都很强壮，步履稳健。每个轿子有两个杠，由两人抬着。

岛上少有强盗和小偷，甚至在黑暗处也能安全行走。道路干净整洁，维护得很好。夜晚出外散步是很愉快的，可以看到大海、附近的岛屿和远处的山脉，景色非常壮观。

这里有为男孩和女孩而设立的好学校，也有一个幼稚园吸引了许多幼童。超过 100 个幼童，为温柔的心以最体贴的方式所照顾着。在这里的教育机构并不比福建省其他地方差，学院和学校中的学生接受中英文教育。

岛上有三个教会，每个都有自己的教堂。协和教堂一星期开放两次，以英文做礼拜，因为它的成员都住在附近，所以当教堂钟声响起的时候，整个街区的人都能听到。另外两个教堂也总是人满为患，大部分来参加教堂活动的人是学生，还有少量岛上的基督教徒。当学生假期返回在大陆的家时，这两个教堂就合并使用。

岛上的居民来自不同的地方，因此人口很混杂。大部分的居民是商人，但也有一些农民住在靠海的村子里。靠近主要登陆点的商店，比起厦门岛上的商店来说是又小又破。

下午的时候，欧洲人和日本人会在岛上散步。无论年轻人还是老年人都喜欢到海边去，那儿的景色真是很壮观。迎着凉风，看着潮水涌上岸，浪花拍打着附近的岩石，雪白的泡沫四处散开，此情此景是多么让人喜悦。我们鼓浪屿的孩子喜欢在海滩上玩，他们沿着海滩奔跑、捡起各种形状的贝壳、在沙上挖井、在柔软的沙滩上用木棍写字。看着孩子沐浴在金色的夕阳下，这样的景色是如此让人陶醉。当他们看到汽轮或是小船经过时，总是开心地拍着小手，时常饶有兴致地看着舢板往来于厦鼓之间。

从岛中心走到任何一座山大约需要 15 分钟。站在山顶上，你就高于所有的房子，可以俯瞰全岛的美景。极目远眺，你也可以看到许多大小不同、形状各异的岛散布在海面上。

我们过海港的时候通常乘坐一个人摇的舢板，船身是用绚丽的色彩画的，这是在中国或是海峡殖民地可以找到的最舒服和干净的舢板了。

简而言之，鼓浪屿是个风景秀丽的地方。我的言语无法描绘在这里所见到的美丽景色，这是常人无法用笔墨来形容的。我邀请所有的人都来这里亲眼看看，用我们中国人的谚语来说是"百闻不如一见"。

厦门城的来历

陈孔立

　　在厦门流传着一个古老的传说：很久很久以前，这个岛上只有黑色的石头和绿色的树林，一群浑身雪白的白鹭飞到这里，爱上了这个黑色和绿色的海岛。它们在树林里栖息，在沙滩上漫步，在海水里嬉戏。这里没有别的飞禽走兽，也没有人们来惊扰。于是，白鹭成了岛上的主人。当人们第一次来到岛上的时候，看见大群白鹭漂游在水面上，就把这个地方叫作"鹭江"，把这个岛屿叫作"鹭岛"。

　　究竟从什么时候起，岛上才有人居住？考古学家们在这里找到了一些石器和陶器，认为大约3000年前，就有人在岛上生活。可是，这个岛屿有文献记载的历史，却是从唐朝才开始的。如果到著名的古寺——南普陀去参观，就可以在大雄宝殿前的石柱上，看到这样一副对联：

> 经始溯唐朝，与开元而并古；
>
> 普光被厦岛，对太武以增辉。

这说明南普陀和泉州的开元寺一样，最初是在唐朝建造的。根据记载，在唐朝，有薛、陈两个家族从外地迁居到这个岛上。薛氏住在洪济山的西北，陈氏住在南面的金榜山下，当时有"南陈北薛"之称。南普陀最初是由陈家施田52亩作为寺址。到五代时，有人加以重建，名为泗洲寺。宋朝时，和尚文翠建普照寺。这些寺庙就是南普陀的前身。

厦门人民的劳动祖先，在这里披荆斩棘，辛勤垦殖。宋代太平兴国年间（离现在大约一千年），生产出一种水稻良种，"一茎数穗"，从此，这个无名的小岛才被人称为"嘉禾屿"——五谷丰登的岛屿。这是厦门的第一个名称。

到了元代，在这里设立了嘉禾千户所，这是厦门历史上第一次出现的军事机构。所谓"千户"就是"千夫之长"。元代的千户所分上、中、下三等，上等有兵700名以上，中等500名，下等也有300名。可见，这个海岛在海防上的重要地位，已经引起元朝当局的重视了。

明朝以来，倭寇不断地侵扰我国沿海各省。明太祖朱元璋为了加强海防，派江夏侯周德兴来福建沿海增设了许多卫所。闽南的永宁卫，分设左、右、中、前、后5个所，中、左二所驻在这个岛上，所以称为中左所。《明史》写道："（周）德兴至闽，按籍金练，得民兵十万余人，相视要害，筑城一十六，置巡司四十有五，防海之策始备。"那时"移永宁卫中左所官军于厦门，筑城守御，遂为中左千户所。设指挥正千户一员、副千户一员，指挥百户一员、镇抚一员，隶福建都指挥使，额兵一千二百四名"。大约在洪武二十七年（1394）建成厦门城，从此才出现厦门的名称。

在明朝，厦门和中左所两个名称同时使用。有时中左所指的是全岛，而厦门则是指城内一带。

最初的厦门城范围很小。"周四百二十五丈，高连女墙一丈九尺，窝铺二十有二"，"城洞八尺五寸，垛子四百九十六"。东西南北各有一个城门，每个城门上建有城楼。在南门外开辟了教场，并且建造了营房987间。永乐十五年（1417）把城墙增高了3尺，4个城门增砌了月城。正统八年（1443）城墙内外都用石块加固，并且增筑了四门的敌楼。所谓"敌楼"，分为上、下两层，上层有垛口，可供射击和瞭望，下层有房间，可供巡逻人员休息。厦门城虽小，却是相当坚固的。16世纪末有一个西班牙人来到这里，他写道："中左所是一个美丽、清新的城市，有四千住户，经常有一千名兵士守卫，还有一座大的石头城墙围绕着。城门用铁板加固，所有房屋的地基都使用石灰和石块，墙用石灰、土和砖块砌成。"到清朝康熙二十四年（1685）进行了一次扩建，但是城墙的周围也不过600丈，即2000米，人们用赛跑的速度，不到10分钟就能环城一周。

16世纪前期，在抗荷斗争的岁月里，有人登上厦门城，写了这样一首诗：

溟勃周遭绕戍城，苍苍寒月海头生。

北风正卷南夷舸，山垒全屯水战兵。

大海围绕在城的周围，月亮升起在海面上空，强劲的北风冲击着荷兰的战舰，英勇的厦门水师守卫在各个山头的堡垒中。这是300多年前厦门城头的速写，它描绘了海防前线的真实情景。厦门城的历史，始终是同反侵略斗争联系在一起的。

移山填海话厦门

郑振铎

这是"旧"话了，但还值得重提。

几年前曾到过厦门。那时厦门还是一个海岛。从集美到厦门去，一定要乘帆船或小汽轮。我在小汽轮上，望着前面一重山、一重山的无穷尽的小山岛，耸峙于碧澄澄的海水之上。恰巧那天没有风，连小波浪也不曾在粼粼地跳跃着，太阳光照射在绿水上，煦暖而作油光，是仙境似的为无数小岛屿所围绕的内海。小汽轮在海面上像滑冰似的走着。但有一件事使我们觉得很诧异，为什么有那么多的帆船停在这内海的当中呢？不像是渔船，也不像是远海的归帆。总有一二百只的数目，当然也不是为了避风，问问同行的本地人。他脸上闪耀着喜悦的光亮，微笑地说道：

"你们还不知道么？厦门将不再是一个岛屿了，她将和大陆连接起来。我们将在集美和厦门之间建筑一道长堤，走火车，也走汽车。过个三两年，你们再来的时候，就可以乘火车或汽车来了。这些帆船都是运载石料，倾倒于那里的海中，作为这道长堤的基石的。"

"这有可能么？"我心里有些怀疑，这不像小说里写的樊梨花移山倒海的故事么？一面问他道："这个填海的大工程有把握么？什么时候可以完成？"

"当然有把握。我们准备削平三四座山，用山石来填平这一段预备筑堤的海水。现在已在积极进行着了，并且已经削平一座山。每天总有二百只以上的帆船，从那边把石块运载到这里来。"他一面说，一面指着道："你们看，那边船上的人不是在把石块倒在海里么？"

果然的，在那边密集着的帆船上，有无数的人在搬运着大大小小的石块，往海水里抛下。无数只手，无数块山石，在不停地倾抛着。"精卫填海"，只是寓言。想不到如今竟成为活生生的现实的事迹了。

到了厦门，觉得街道整洁，沿街的房子，以洋式的为多。公园是一座很幽深的园林。在那里，有一座很大的文化馆，外表是宫殿式的建筑。我所见到过的文化馆，恐怕要算这一座是最漂亮的了。可惜内部正在整理，没法进去参观。

厦门大学是一所著名的南方的大学，就建筑在海边。站在海边就可以隐隐约约地望得见尚为敌人所占领的大小金门岛。奇怪的是，一点战争的气氛也没有。我们看不出她是坐落在国防最前线，"弦歌之声"不绝，教职员们和学生们完全按时工作，按时上课，和内地的任何大学没有什么不同。更奇怪的是，这所大学，那时正在大兴土木，建筑一座可以容纳五千多人的大礼堂；

还在建筑一个大运动场，它的露天的四周的圆座，足足可以坐上观众近五万人。那气魄是够宏大的。

说起闽南人的宏伟的气魄来，从泉州的洛阳桥开始，就能够看得出。洛阳桥本名万安桥，落成于北宋仁宗时代，离今已有九百年了。蔡襄的《万安桥记》说这桥始建于皇祐五年（1053）4月，落成于嘉祐四年（1059）12月。桥长凡三千六百尺，广丈有五尺。这九百年前所建筑的石桥，桥基还很稳固。被敌人炸毁的一段，已用木板补好，照样能够通车。我们走过这座著名的桥梁就想起九百年前的工程师们具有怎样的高度的设计能力，能够在昼夜为海潮所泛滥的水面上，架起这座长及三华里的石桥来。后来越向南走，就知道像这样长到四五华里的石桥，在闽南是不足为奇的。在一个地区，在海湾之上，我们的先人们就建造了一座大石桥，像在弧形的弓上，安上一根直弦，使走路坐车的人少走了不少弯路。那座桥本来可以走吉普车，但为了安全起见，已经禁止通车。汽车都要沿着海边的公路走，不走那座长桥了。而那条海边公路足足有三十公里长。我们之中，有几个人奋勇地步行从桥上走过，而我们则坐了汽车沿海边公路走，几乎是同时到达目的地。由此可见，那座石桥是如何的便捷了。

"厦大"还在建筑着物理楼之类的。他们有充分的信心，知道师生们虽身处于国防最前线，却是安如泰山。他们相信我们的国防力量和人民解放军的威力，丝毫也没有任何的担惊受怕之感。不仅大学的师生们有这样的感觉，整个厦门市的人民也从来没有发生过任何恐慌。有一天傍晚，我们在中山路上闲步，防空的警报响了，市民们仍是安闲地走着，并不急急地想回家。街上的电灯照样地亮着，热闹的市容，一点也没有减色。我们有点不解了，就去问一家店铺里的伙计：

"警报响了，你们为什么还不关上电灯？"

他徐缓地答道："这是常有的事。对面的飞机起飞了，我们就响起警报来。但根本不用去理会他们，他们是不敢飞过来的。所以，我们也可以不关灯，还是照样地做买卖。"

是的，我们的强大无匹的国防力量是足以保卫着人民的安全的！在国防前线上，特别看得出我们人民是怎样地爱戴和信赖我们的解放军。有一个故事，流传得很广。解放军在某山区挖壕沟，但在那里，老百姓已种下了不少白薯。军士们怕把那些白薯搞坏了，连忙代为掘起，移种到附近的山坡上去。第二天，老百姓上山一看，他们的白薯已经搬了家。这是有名的"白薯搬家"的故事。不，这不是"故事"，乃是实实在在发生过的实事。

我们在厦门住了好几天，除了工作之外，还能有时间到几个名胜古迹去游览。那里的名胜南普陀寺，就在厦门的附近的五峰山上。

我们登上了五峰山顶，心旷神怡地恣意欣赏着四周的风景。海水是那么无穷地广大、深远，它拥抱着大大小小的无数的岛屿，白色的浪沫在澎澎湃湃地有节奏而徐缓地扑向海边的赭苍色的古老的岩石上来，仿佛是摔碎在岩下，却又像是有节奏而徐缓地引退了。这时，有微风在吹拂着。白色的帆船在安稳地驶进或驶出港口。绿水和青山在这里是最和谐地构成了不止一幅两幅的好图画。是那样山环水抱的海湾。是那样轻云微罩、白波细跳的水面。是那样重重叠叠的山峰，一层又一层地显露雄峙于海上。

是那样像南方所特有的润湿温暖的山水画。我们想，在晚霞斑斓的夕阳西下的时候，或在曙红色的黎明带着紫黑色的云片从东方升起的时候，或是银白色的月亮朦朦胧胧地映照在这平静的夜的海湾上的时候，或那样蒙蒙细雨，像轻烟薄雾似的笼罩着这些海上的群峰的时候，那些景色的变幻，更会十分迷人的。就在这晴天白日的时候，我们也为这四围的风光所沉醉而舍不得下山。

这里的物产丰富极了，特别是香蕉，整年都有得卖。家家有一株或好几株的墨绿色的荔枝树或龙眼树，就像北京那里家家有棵枣子树似的。不时有暗暗浓香，扑鼻而来，那不是月桂花——在那里，桂花是四季皆开放着的，故名月桂——就是香橼花在喷射出它的香气来。在那里，几乎没有冬气。许许多多的花卉，此开彼谢，从没有停止过"花朝"。元人张养浩有诗道："山无高下皆行水，树不秋冬尽放花"，正道着这里的特色。

是这样仙岛似的厦门岛，而如今却已经不再是一个岛屿，而是和大陆连接在一起了。从今年的元旦起，鹰厦铁路已经可以运载旅客了。移山填海的大工程，不再是幻想，不再是空想，而已是活生生的现实了！再要到厦门去的时候，我们可以乘坐火车直达厦门港了。这样宏伟的建设，只有在社会主义社会里才会有可能实现。我们正在做着许许多多前人从未做过的大事业。这一番移山填海足以使洛阳桥或其他的那些闽南的大石桥都黯然无色的大工程，就是空前的建设事业之一。洛阳桥的故事，已成为"神话"，已播为戏曲。这远远超过洛阳桥的移山填海的海上长堤的故事，难道不会也变成现代的"传说"，被写入诗歌、小说和戏曲里去？

文教生活

第二辑

我国最早的一所幼儿园

黄雅川　余丽卿

1840 年鸦片战争之后，中国沦为半封建半殖民地，厦门为最早的通商港口之一，鼓浪屿被划为万国租界，外国人接踵而来传教、办医院、办学校。英国基督教长老公会（下称英公会）牧师韦玉振到鼓浪屿传教，其夫人韦爱莉随同前来，于光绪廿四年即 1898 年在鼓浪屿今鼓新路 35 号牧师楼创办幼稚园。园生大部分为 4~6 岁的基督教徒子女，并设"怜儿班"；教员余守法为第一个向韦爱莉学习幼教的中国人。同时英公会还着手筹集资金，在鼓浪屿内厝澳西路（现永春路 83 号）建园舍，落成后命名为怀德幼稚园。

1901 年，英公会为解决闽南各地区蒙学堂的师资，将怀德幼稚园作为实习基地，开办附设幼稚师范学校——怀德幼稚师范学校。幼稚园除留用少数师范毕业生为专职教师外，大部分由在校的师范生兼任（半天学习，半天实习，轮换上课），每月每人津贴白银二元。

怀德幼稚园诞生于 19 世纪末，当时欧美许多国家普遍开办幼稚园，有的国家还把幼稚园列入学校系统中作为学校的基础。由于德国儿童教育家福禄贝尔和意大利教育家蒙台梭利的教育学说对英国幼稚园教育的影响，因此，怀德幼稚园主要教育形式和内容多采用福禄培尔的主张：发展儿童的感觉器官，学习算术、自然常识、语言文字、绘画、手工、唱歌及宗教教育。游戏为儿童的基本活动，作业和游戏作为教育教学的根本内容，"恩物"占有主要的位置，作业、游戏首先与"恩物"的应用相联系。在教育教学中，也采用蒙台梭利的主张：重视儿童自由成长，重视环境对儿童的影响，强调对儿童进行感官训练，并使儿童按自己的兴趣和技能，挑选各种适合自己的游戏和活动。园里的教具（"恩物"、蒙台梭利的感官训练等教材）大部分是由英国运载而来的。

1933 年 11 月向当时的国民政府备案，园名为厦门鼓浪屿私立怀德幼稚园。

1941 年 12 月鼓浪屿沦陷，英公会在怀德幼稚园的代理人吴天赐、欧斯文姑娘撤离鼓浪屿。怀德幼稚园被日伪接管，改名为鼓浪屿幼稚园，园长、教师皆由伪市政府重新聘用。教育、生活、活动内容，甚至连幼生吃的点心，都得按伪市政府的规定安排。1945 年抗日战争胜利后，英公会又派其代理人白励志姑娘接回幼稚园，恢复原园称厦门鼓浪屿私立怀德幼稚园。

1950 年怀德幼稚园由人民政府接办，1951 年改为厦门师范附属小学幼儿园，1957 年改名为厦门日光幼儿园。历任园长是：

余守法、陈淑华、吴晶灵、朱秀恋、涂碧玉、洪瑞雪、蔡赞美、黄明玉、黄雅川、杨淑荃、傅秀恋、何瑞卿、余丽卿（以上除杨淑荃、傅秀恋外，均曾就读于怀德幼师）。

厦门的图书馆

郭昆山

　　厦门解放前图书馆事业之兴起，是在20世纪20年代开始的。其时厦门由于文化发达，社会教育设施较之内地进步。在社会教育机构中，图书馆的建立及其发展是比较迅速的。从1919—1949年厦门解放前的30年中，厦门图书馆事业，已奠定了一定的基础。现将几个历史较长、设备较完善的图书馆简介如下。

　　厦门市图书馆　它是福建省较早兴办的图书馆。1919年由厦门地方绅士和厦门"玉屏书院""紫阳书院"及厦门海关"博闻书院"等财团董事创办，1920年10月开放。当时以文渊井21号的"玉屏别墅"作为馆舍，称"厦门图书馆"，有上述各院及社会人士捐赠的藏书万余册。任周殿薰为馆长，余少文为主任。1930年收为县立，改称"思明县立厦门图书馆"；1933年厦门市筹备处成立，复改称为"市立厦门图书馆"；1934年市筹备处取消，称"思明县立厦门图书馆"；1935年4月1日，厦门市政府正式成立，4月13日又奉令改称为"厦门市市立图书馆"。并领出钤记，木质正方形，文曰"厦门市市立图书馆钤记"。

1920年，北京大学教授李大钊创办图书馆学讲习科，函各省市派员前往学习，厦门市推举余少文赴京学习，并沿途参观各地图书馆设备情况。1930年馆长周殿薰去世，任余少文为馆长，其时厦门图书馆参加中华图书馆协会。余少文三次分别赴北京、南京、青岛三地参加图书馆协会大会，并往各省市图书馆参观，进行学术交流。对厦门市图书馆厉行改革，增设第二、三书库，图书分类采用美国杜威的十进方法，用新编目法编制书名、著者、分类等目录三种，并编印《厦门图书馆声》，每月一期，分赠国内外图书馆及文化机关。1935年，藏书扩充至4万余册，报纸40份，杂志100余种，还有王玉琛公司所捐赠影印《四库全书》一部和《吴英将军事略·平耿精忠数则》等珍本与秘藏抄本。同年馆舍也拓展原室后进房屋1座。这时阅览室可容50余人，平均每天阅览和出纳册数，分别为200余人次和册次。开放时间采用全日开放制，除法定纪念日和节日放假外，星期日照常开放。1938年5月11日，日寇入侵厦门，馆长余少文避难香港。9月17日厦门图书馆失火，馆舍、藏书，尽付一炬，实为本市文化事业之一大损失。

厦门沦陷期间，日伪于1939年12月在水仙路47号中国银行原址成立厦门图书馆。一面登报征求图书，一面接收虎头山中华中学图书馆残存图书，连旧者约万余册，乃于1940年1月30日正式举行开馆式。内分儿童阅览室、普通阅览室、书库、演讲厅等。1940—1945年，馆长先后为王兆麟、陈懋复等。开放时间不固定。每月参阅人数据日伪出版的《新厦门指南》记载：1940年2月至11月，市立厦门图书馆逐日参阅人数成人6741人次，儿童4978人次，全计11719人次，平均每月仅千左右人次。

抗战胜利后，厦门国民党教育当局于1946年接收伪市立厦门图书馆，改办市立第一图书馆于小走马路青年会，后又改称厦门市立图书馆，馆长李禧。1947年8月21日，馆址再迁移厦禾路186号。厦门图书馆虽是厦门唯一规模较大的市立图书馆，但门庭冷落读者稀，每日仅有数十读者，而办事人员则有6人之多。至于经费，每年虽拨给一笔，但因币值下跌，领到之后，只能购到几本书、几本杂志。这时期馆藏图书增长很少，到临解放时，仅有5万余册。

中山图书馆 在"戊戌变法"维新运动的影响下，1899年曾有人在河仔墘（今泉州路）设立鼓浪屿阅报所。后来，与革命党人有关的人士在大河仔墘（今龙头路）创办闽南阅报社，作为宣传反清民主革命思潮和秘密联系革命志士的场所。1925年，闽南地区同盟会、中华革命党负责人之一的许卓然被鼓浪屿工部局抄家后，为了安全地与广州孙中山元帅府联系，拿了一笔钱交叶清泉在福建路（今第二医院门诊部）隔壁一座二层楼创办了一个阅书报室，后改称鼓浪屿图书馆，这可以说是中山图书馆的前身。刚创办的鼓浪屿图书馆，订有全国性的报刊和本省市的报纸杂志五六十份。图书直接向上海商务印书馆、中华书局购买，另一部分是华侨和地方人士赠送的，合共五橱三四千册。办事人员主要是叶清泉。当时上海某报通讯记者李汉青，初是鼓浪屿图书馆的读者，后在该馆协助许卓然工作。国民党厦门市临时市党部筹委会成立，他被任为筹委会主任。

北洋军阀周荫人驻漳暂编第一师师长张毅被北伐军枪决后，他在鼓浪屿港仔后的别墅三层楼房1座，由李汉青以"鼓浪屿华人议事会"议事处的名义向工部局交涉接收下来，兼作鼓浪屿图书馆的馆址，并聘请巨商黄奕住、华侨邱明昶等成立董事会。1928年5月，为纪念孙中山先生，就改组更名为中山图书馆。原来的办事员叶清泉于1927年离开图书馆，中山图书馆由李汉青任馆长。

太平洋战争爆发，鼓浪屿沦陷。1942年，伪政府占夺中山图书馆，改办为鼓浪屿图书馆，任杨东壁（杨少东）为馆长。抗战胜利后，厦门国民党教育当局于1946年接收伪鼓浪屿图书馆，改办为市立第二图书馆，任戴光华为馆长。1947年年底，复归私立，恢复原称中山图书馆，李汉青为馆长，先后聘请陈荣芳、张圣才为董事长。这时藏书2万余册，报纸20余份，杂志50余种。楼下为书库和出纳处，二楼为阅览室。中山图书馆馆址幽静，空气新鲜，是阅读的好地方。但位置较偏僻，故读者无多，每日多者四五十，少者二三十人次而已；然而在一些外国驻华使领馆和海外华侨中，则颇负盛名，经常寄赠刊物。

属于学术研究性质的有私立海疆学术资料馆。该馆成立于1946年5月，是泉州陈盛智、陈盛明昆仲创办的。陈氏兄弟有家庭图书馆，因鉴于厦门为海疆要埠与华侨出入国之枢纽，为求储集学术资料，鼓励研究海疆问题，沟通中南文化，促进海外发展，所以将家庭图书馆迁移厦门，化私为公，设立于本市虎园路

11号。聘张圣才为董事长，陈盛智为副董事长，陈盛明为馆长，资料馆内设图书、博物、研究三部，所有图书、博物资料，以有关海疆问题为主体。此外，并剪贴报纸资料以供参考。后以原址不敷应用，1947年3月迁于鼓浪屿观海别墅。该馆除开放阅览外，着重研究工作，有海疆学术资料丛书之出版。藏书有1.1万余册，杂志95种，报纸42份。图书资料分类，采用中国十进分类法，其目录种类有分类卡片目录，善本、杂志目录索引，印本剪报资料分类目录。阅览人数平均每日80余人。馆舍结构为庭园式，面积为68方丈，内有办公室、博物室、研究室、阅览室，经费由董事会筹措。

此外，还有学校图书馆（不包括厦大图书馆）。本市教育发达，学校林立。据1937年前的调查，公私立中学和职业中学和集美学区各校共有30余所。学校图书馆中历史较长、设备较完善者，有集美、双十、厦门、大同、中华、同文、英华、毓德等校图书馆；其中集美学校图书馆首屈一指。该校图书馆成立之初，规模狭小，仅在师范部之居仁楼辟一室为临时馆址，1920年作为宿舍的博文楼落成时，始为正式的图书馆馆址。这个馆舍的面积7191平方米，类似宫殿式，分上中下三层，有普通阅览室、报刊阅览室、陈列室、史地研究室，中日问题、南洋问题研究室及报纸杂志、图书等书库。具有特色的是专设晒书台、装订课、铅字等设备。该馆自始设主任，管理馆务。自1920年至抗日战争前夕，历任主任为李宗英、许吉甫、罗廷光、吴康、潘鸿秋、蒋希曾、蔡玑、黄毓熙等。该馆库藏的中外书籍，据1933年1月统计，共13746种、42917册。此数包括杂志合订本，报纸合订本则未列入。图书分类编目采用前主任蒋希曾自编的中外图书统一分类法，兼采杜威十进法和杜定友等分类法。目录仅有分类一种，后续添制书名、著者两种。1931年秋，黄毓熙接任主任后，对馆务积极整顿，扩充装订课，增辟晒书台，创设中日问题、南洋问题研究室，且协助各校整理图书资料，使图书馆的面貌焕然一新。其后，抗日战争爆发，该馆几次迁徙，图书报刊遭受严重散失破损。到1949年临解放时，馆藏图书由原有的10万余册，只剩下8万余册和3000余册的报刊合订本。其余报刊合订本和珍贵文献资料的散失破损之数，则无法稽考。

海疆学术资料馆

陈永安

一

事情要从 1945 年说起。抗战胜利那年，任国民党第六战区外事处处长、泉州市人陈盛智，接收来一批日寇家当——日文图书、古玩、艺术品以及官邸家私回家，其兄陈盛明本是研究地方文史的热心人，便想到不如将这些东西连同家藏图书资料，奉献于社会。1945 年冬，"私立海疆学术资料馆筹备处"的牌子便出现在泉州中山北路上。

陈盛明自知独力难撑，多方争取朋友及有志者支持。1946年年初，张圣才刚从海外募得一笔"现代文化教育基金"返闽，得知海疆学术资料馆筹备处的意向，与"现代文化教育基金"宗旨恰好不谋而合，当下，便决定用"基金"作为该资料馆的经费，并建议迁往厦门办馆。

1946 年 5 月 5 日，在厦门市虎园路 21 号举行开馆典礼，并正式成立董事会，张圣才任董事长，黄其华、陈盛智、郑玉书、秦望山、梁龙光、陈村牧、李述中、张述、黄水源、张天昊等任董事，陈盛明任馆长。由于馆址系向私人业主租用，1947 年秋，迁往鼓浪屿田尾路观海别墅。观海别墅系富侨黄奕住的私宅，也不是久居之地。1949 年厦门解放，张圣才董事长对资料馆颇有大展宏图之心志。观海别墅房屋陈旧，大厅室只有 4 间，毫无舒展之余地，便租用西林别墅（日光岩下，今郑成功纪念馆）作为新馆址。西林别墅三层楼，外观美，地方大，厅室多，除安排图书室、资料室、阅览室、办公室之外，还可专设文物室、研究室等，颇具规模。这时，馆内的人事也做了一定调整，馆长由厦大人类学教授林惠祥担任，研究部主任由原《江声报》主笔陈一民充当，又聘厦大副教授李式金任研究员。

然而，宏图尚未大展，仍因经费困厄、窘迫，不得不另谋生机。这时，厦大经济学家王亚南教授新任校长，打算成立厦大南洋研究馆。私立海疆资料馆一向以搜集东南亚国情及海外侨情为旨趣，收藏有关的图书资料不少，于是，征得王亚南校长首肯，将它归入厦大南洋研究馆，成为该馆资料室。馆长由林惠祥担任。至此，私立海疆学术资料馆才算结束了波动不定的局面，找到了一个如意的归宿。

二

私立海疆学术资料馆的宗旨可以用 12 个字来概括：立足东

南沿海，面向海外华侨。

该馆主要搜集东南沿海诸省（包括台湾、福建、浙江、广东等省）省情、海外侨情（尤以东南亚为重），以及有关海洋科学的各种资料，为开展学术研究提供方便条件。

在旧社会，像这样专为他人作嫁衣，为巧妇送米供粮，是十分少见的。只有一些学者、专家，才会对它关切和扶持。

当时国民政府热衷于打内战，争利抢权，政局不稳，人心浮动，难得有几个人安下心来从事学术研究，因此，来馆利用资料者并不多。在我记忆中，以下诸人是比较热心和勤恳的。如陈盛智，既是董事，又是研究者，他所编著的《印度尼西亚民族运动史》，就是泡在资料馆中完稿的。此外，庄为玑、林惠祥、李式金、林英仪也是这里的常客，常到馆中查阅资料；厦大学生也来过一些，有的还曾连日来馆借阅、摘录。

有的人虽然不是为学术研究而来，只是因工作或业务需要，想了解一下南洋各国情势、华侨社会动态、商情、航情，以及有关史料，该馆也提供查阅的方便，为他们打开"窗口"。

记得当时厦门有一家《海疆日报》，它的办报旨意，与海疆学术资料馆略同，需要刊载一些有关东南亚诸国的风土民情及海外侨情的文章，特意来馆要求供稿，谈定每天于报耳（报头两端）留下版地，利用该馆提供的稿件，让厦门读者了解他们所关注的海外情况及知识。这件事，就由我与另一位馆员负责。每周稿件要在一周前送往报社（每周14篇），经年不辍。为有关方面供稿，这也是海疆学术资料馆的又一任务。

三

海疆学术资料馆，纯乎是服务性的机构，只有支出，毫无收入。借阅资料和图书，也没有收费。因此，年年都以经费支绌为忧。在这里，长期的工作人员是义务和半义务的，馆长、总干事，还能领到工资，一般馆员，只度三餐，分文不取。一年后，才领到十分可怜的生活费；再过一年，才领得十分微薄的月薪。不要说衣着服饰，要是抽烟的话，连买烟都不够。老实说，倘若不是有点事业心和社会责任感的话，早就溜之大吉了。记得那时先后也有个把人，来馆试干了几天，便受不了，不辞而别。临解放的那年，别说馆员的月薪，就连馆长、总干事的工资也无着。馆长只好靠出任《江声报》编务领工资，总干事也只好靠受聘英华中学教职的收入生活。

据我所知，该馆先后有两次远出募捐。一次是 1946 年秋往上海，靠在沪的董事郑玉书、秦望山为中介进行募捐；另一次是 1948 年冬到台湾，以董事梁龙光函介劝募。两次都边募捐边购书，到台湾时，兼收集高山族文物和日文图书，余款充实经费。

该馆的经费来源很不稳定，常常变动。有一段时间，馆内每月都要派人到厦门新绿书店领经费。解放初，张圣才与林梦飞合营厦、港航运，经费又改由该航运公司支付。后来，海峡两岸形势紧张，国民党军队炮击厦、港往来的轮船，通航中断，该馆的经费也随之断绝。

四

即使像这样一个学术机构，在国民党统治时期，也难以平平静静过日子。

随着厦门警备司令部毛森来到厦门，阴森森的空气也吹袭这个穷小馆。先是谣传董事陈盛智被内定为解放后第一任的厦门市市长，继而又出现有关董事长张圣才的种种传闻。资料馆周围，也出现一些獐头鼠目的暗探之流。馆员人人自危，有的跑到内地，有的避往香港，有的在厦、鼓之间过"游牧生活"。空荡荡的一所资料馆，只留下我一人看管。我一人要看顾那么多的图书、资料、文物，又要随时应付难以预料的事件。

那时，海疆学术资料馆已进驻刘汝明所部的士兵，一部军用发报机早已设置于馆之东隅，日夜戒备森严，不许外人出入，该馆只好紧闭不开，暂停阅览。

驻馆的国民党士兵很野蛮，有的占用资料室，有的撬开图书馆，扒毁图书，有的窃走文物，幸好我及时发现，出面干涉。那个国民党排长，还听得进一点道理，才使得那些士兵有所敛迹。

1950 年夏，全馆图书、资料、文物，经我尽力保管，终于完好无缺地移入厦大南洋研究馆。现在回想起来，仍然感到有点宽慰。

鲁迅先生在集美学校的一次演讲

王小林

　　伟大的思想家、革命家、文学家鲁迅先生曾经林语堂先生的介绍到厦门大学任教，时间从 1926 年 9 月 4 日至 1927 年 1 月 16 日，共 4 个多月的时间。在厦大期间，鲁迅先生那里经常有青年学生前往拜访。当时厦门大学学生自治会主席、共产党员罗扬才同鲁迅保持密切联系，曾邀请鲁迅在厦大和集美学校演讲。

　　这个时期，鲁迅先生的思想发生了重要变化。鲁迅说："我离开厦门的时候，思想已经有些改变。"(《而已集·答有恒先生》)在《写在〈坟〉后面》一文中鲁迅先生宣告埋葬旧思想，同时明确肯定一个崭新的思想："世界却正由愚人造成，聪明人决不能支持世界，尤其是中国的聪明人。"这一思想，表明鲁迅先生开始告别唯心史观，而踏上唯物史观的门槛。这一思想体现在鲁迅在厦门大学编写的《汉文学史纲要》（讲义），鲁迅认为文学起源于"众手"创造，诗歌、文艺最早来源于人民群众的吟咏。这也论证了"愚人"支持世界的真理，标志着鲁迅思想发展中开始了一个重要转折。

1926年11月27日，集美学校通过罗扬才邀请鲁迅前来演讲。鲁迅先生又再次阐明自己上述的观点。鲁迅先生在演讲中从五四运动谈到"三一八"惨案，历述这一时期"傻子"与"聪明人"的斗争。他说：黑暗与暴力不可能永远笼罩着中国。……傻子和傻子结合起来，一起发傻地向前冲，社会才能进步。世界上的事业是傻子干出来的。"聪明人不能做事，因为他想来想去，终于什么也做不成"，或者为名利而钻营，干了不光彩的事情，把世界推向黑暗深渊，结果他们也跟着沉沦了，而世界仍然在我们傻子手里，世界是傻子的世界啊！

鲁迅先生在《华盖集续编的续编·海上通信》回忆了他在集美学校的演说。当时集美学校校长叶渊邀请厦门大学国学院教授、学者到该校演说，分为六组，每周一组，每组两人。结果鲁迅和林语堂是第一组赴集美学校演讲的厦大国学院教授。鲁迅先生在校方与之联系演讲接洽时与叶渊校长意见不合，叶渊认为学生应以学为主，埋头读书，而鲁迅认为学生也应该留心世事。鲁迅感到与校长意见有异，还是不去为好。但学校却说"也可以说说"。鲁迅说道："要我去（演讲），自然是可以的，但须凭我说一点我所要说的话，否则，我宁可一声不响。"于是在午后演讲中，鲁迅还是阐明他近期的一些思想：聪明人不能做事，因为他想来想去，终于什么也做不成。表明他在思想认识上已逐渐意识到，他努力从事的工作首先是启发千百万群众的觉悟，参与革命实践，而不是追随少数先驱者的启蒙主义。

林庚先生在厦大的日子

朱水涌

提起林庚先生，我就想起孙玉石先生为我描述先生逝世时的情景。那么安详平静，那么富于意境，诗意人生是如此在纯诗的境界中结束，又应了逝世前他常念叨的那句话"月亮怎么还没有圆呢"，使得这死亡的诗意有了别样的韵味和浓郁。

林庚先生是 1937 年 9 月到厦大，1947 年秋离开厦大回北平，在厦门大学整整有 10 年的时间，先后被聘为讲师、教授。这个时期是厦门大学最艰难、最困苦的办学时期，但也是厦门大学赢得"南方之强"美誉的时候。

20 世纪 30 年代，陈嘉庚产业走下坡并最终倒闭，尽管他还是以"卖掉大厦办厦大"的举动将厦大继续维持了一段时间，但终究力不从心，无力再支撑厦大。1937 年"七七"卢沟桥事变前夕，国民政府接管厦大，厦门大学归入国立大学，清华大学留美电机学教授萨本栋博士接掌厦大。9 月 3 日，日本飞机开始轰炸厦门，厦门大学生物馆（鲁迅刚到厦大时住的那栋上下有100多级台阶的大楼）和化学馆被炸成废墟。厦大不得不暂时迁到鼓浪屿，假英华中学和毓德中学开学。此时，由于京沪一带战火弥漫，学生无从返校，都向厦大请求做借读生，厦大从此承担起抗战时期救济失学青年就学的民族使命。9月3日之后，日本炮弹疯狂袭击厦门，敌军占领厦门指日可待。1937年10月，厦大被逼实行彻底迁移，近300位师生从厦门鼓浪屿出发，走在崇山峻岭的崎岖山路上，跋涉千里，抵达闽西山城长汀。山城长汀的办学条件、环境和厦门实属两个天地，按当年厦大教务长周辨明教授当时的说法，是"举目凄凉无故物"。学校以长汀县文庙为校办公场所，由伦敦公会惠借中诚楼一座为女生宿舍，租长汀饭店给教授安身栖息，条件极为简陋艰苦。抵达长汀两年后，才添建了同安堂和嘉庚堂两座教室，有了山麓中的万寿宫做图书馆，修了一座民房为四年级的男生宿舍，租数十间民房为女生宿舍、二年级男生宿舍、校医院和西膳厅。就是在这样的局促窘迫的艰苦环境中，萨本栋校长以"现在不是一个推诿责任的时代"的责任，"宁可放弃量的发展，以谋求质的改进"，艰苦奋斗，坚持办学，保住了中国东南半壁高等教育仅存的硕果。在1940年和1941年两次国民政府举行的全国大专、本科学生的统考中，厦门大学都取得全国第一名的成绩，这就是"南方之强"的由来。当时的国际传媒称厦大为"加尔各答以东之第一大学""粤汉路以东仅存之唯一最高学府"，李约瑟博士也就是为此所吸引来到山城为厦大师生讲学的。

林庚来到厦大，只与大海亲近了不到1个月的日子，便跟着远迁的队伍到了山城长汀，从 1938 年 1 月到 1946 年夏天厦大迁回厦门，他的教学生涯是在艰难困苦的环境和弦诵不辍的硝烟中度过的。今天能发现的他这时期写的几首诗中，都有着大海与山野交错的意象，这大致与他的这段生命旅程有着紧密的联系，而那种在困苦中依然"幻想于一条清洁的小河"的干净明朗的诗意，则体现出一个纯粹的审美型的知识分子一以贯之的超越性浪漫情怀。

在长汀，与林庚先生一起工作过的中文系老师有：王梦鸥、施蛰存、虞愚、戴锡樟以及后来一直留在厦大的郑朝宗、黄典诚等。那时林庚留给学生很深的印象，一位 1946 年级的厦大电机系学生这样写道："在长汀学习过的校友，大多都会记得林庚教授。高大的身躯，白皙的面孔，稍胖一些，常穿着长衫，一副斯文的神情，但也常活跃在篮球场上……"

林庚在厦大主要讲授中国文学史、历代诗选和新诗习作等课程。据当年的学生回忆，他讲课时常常会就诗中的某一名句深入剖析，不惜大加发挥，一讲就是一整堂课，如《诗经》中的"风雨如晦，鸡鸣不已"、《楚辞》中的"袅袅兮秋风，洞庭波兮木叶下"、曹植的"惊风飘白日"、谢灵运的"池塘生春草"、王昌龄的"秦时明月汉时关"、李白的"狂风吹我心，西挂咸阳树"。从他不惜以一节课的时间来讲解一句诗句，我们也可以感受到林庚先生的审美兴趣和对诗的艺术追求，想象得出他那一斑窥全豹、遇到兴然之处便一个劲地讲下来的授课风采。

山城中的厦门大学虽与外界几乎处于半隔绝状态，但学习和文化活动的开展还相对活跃。仅就师生创办的刊物而言，有厦大学生战时后方服务团所办的《唯力》旬刊，这是个综合性刊物，内容有时事述评、战局报道、厦大动态和文艺作品，王梦鸥讲师的三幕话剧《生命之花》就发表在该刊的第三卷上（1939 年 5 月），第三卷第一期还登载了林冷秋的《一个脆弱灵魂的再生——略论何其芳》，分析了何其芳的转变。第二期发表了弱水的《中国新文艺伟大的沉默期》，称这个时期文艺的沉默是"新个体诞生前苦痛的预示"，是"中国新文艺要从空虚走向充实"的"必需的准备"；《中南日报》由厦大校友罗瀚为社长、厦大学生邹锡光等为编辑，该报设有多种副刊，皆由厦大师生主编。黄开禄教授主编《经济副刊》，谢玉铭教授主编《教育副刊》，冯定璋教授主编《厦大语言文字导刊》，魏应麒讲师主编《闽赣话余》，其中由厦大中国文学会主编的文学副刊《巨图》最有影响。《巨图》是隔日刊，共出了 51 期，1941 年 6 月改为《世风》，同年 8 月 30 日又改为《谷风》，1942 年 1 月 1 日起又改为《人间》，均为日刊，合起来《巨图》共出了 250 多期。林庚先生的几首新诗和诗论《论新诗的形式》就发表在《巨图》（1940 年 5 月 28 日）上，夏衍、秦牧、魏金枝、陈友琴和李金发都在这个副刊上发表过作品。刊载文艺作品的副刊还有厦大学生林仲麟领衔的《大成日报·高原副刊》，副刊连载了王衍康教授的长篇小说《炼》、何励生先生的《抗战乐府》，发表了王梦鸥讲师的散文、小品，林庚教授也有新诗和诗论在《高原》上发表。除此，还有《厦大通讯》《厦大剧团》《铁血歌咏团》等。当时厦大学生还发起组织了一个"笔会"活动。"笔会"是一个没有组织章程也没有组织形式的文艺爱好者的组织，提倡以文会友、自由结合、自由创作和定期交流创作。"笔会"的成员中谁发了文章拿到稿费，谁就请客，吃长汀花生，喝长汀美酒，边吃边讨论文学。"笔会"每年端午节（当时的诗人节）在校内外举办诗歌朗诵会，还举办了一些很有影响的活动，如1943年发起对患肺病无钱就医的作家张天翼的募捐救济活动。"笔会"不设顾问，但活动时请王梦鸥、施蛰存、林庚和虞愚出席指导。"笔会"后来走出不少著名的学者、文艺家，像高等教育学科创始人潘懋元教授、台湾艺术学院姚一苇教授、美国维吉尼亚州"艺苑"创办人朱一雄、书法版画家朱鸣岗教授。

在厦大的这段时间里，由于林庚先生把主要精力用在教学与科研上，写诗"成了业余的生活"，但他也未曾中断自己的诗歌创作，他说他开《新诗习作》课程，"也是为了争取更多的写诗条件"。这阶段写的诗歌，除了发表在《文艺先锋》《文学杂志》和《巨图》《高原》两个副刊之外，据林庚先生在《〈林庚诗选〉后记》中说，有一些诗稿交给了当时的厦大学生后来的"九叶"诗人杜运燮从长汀带到昆明。

在厦大十年，林庚先生最重要的成果自然是那部充满创造性和个人特色的《中国文学史》。这部文学史是他给厦大学生上课的教材，1941年曾由厦大出版组以油印本装订成书，油印本只有《启蒙时代》《黄金时代》《白银时代》前三编。1946年，厦大出版委员会决定出版厦门大学丛书，将林庚先生的《中国文学史》列为丛书的第一种，并于1946年冬交厦门市大道印务公司承印出版，但因纸价不断飞涨，几经停滞，直至1947年5月才印成。当时《厦大校刊》第二卷第三期（1947年5月31日）

这样介绍该书："全书计达四百余页，颇多独到见解，书前有作者及朱自清先生序文，极为名贵云。"这部独特的文学史，抱着"沟通新旧文学的愿望"，带着寻觅文学主潮和文学主潮此消彼长的原因的意图，注意解决文学史上"许多没有解决过的问题"，以一种"社会要向文艺学习"、文艺为"黑暗摸索着光明"的浪漫信念，用诗人的锐眼和体验来考察、探析和叙述几千年来的中国文学。整部文学史每一章每一节篇目的主题暗示，对盛唐诗歌"少年精神"的提炼，对于汉语诗歌"半逗律"特征的发现和剖析，都是独到精辟的。

1926年鲁迅到厦大任教，因为教文学史而写了《汉文学史纲》；抗战时期林庚在厦大任教，也因为上文学史课写了《中国文学史》。这两部最具个人创造性和鲜明特点的"中国文学史"都出在厦大，这使得厦大很荣幸地沾上了学术创新的荣耀。

巴金三宿鼓浪屿

龚 洁

文学大师巴金的"激流三部曲""爱情三部曲"激励了数以万计的青年人。巴金对鼓浪屿有着十分美好的印象，他在许多著作里都描写到鼓浪屿。

他于 1930 年秋天从上海到厦门，坐"划子"（舢板）渡海到鼓浪屿，住进厦门酒店三楼临海的房间。他在《南国的梦》一文中写道："傍晚约了另外两三个朋友来。我们站在露台上，我靠着栏杆，和朋友们谈论改造社会的雄图。这个窄小的房间似乎容不下几个年轻的人和几颗年轻的心。我们的头总是向着外面。窗下展开一片黑暗的海水。水上闪动着灯光，漂荡着小船。头上是一天灿烂的明星。天是无边际的，海也是。"

次日，他在时任《民钟日报》副刊编辑的鲁彦陪同下，漫游了鼓浪屿，留下的"印象是新奇的"。"我喜欢这南方使人容易变为年轻的空气"，"在这花与树、海水与阳光的土地上，我做了两小时的南国的梦"，"我一生最快乐的日子（可惜非常短促）就在这样土地上度过的"，他对鼓浪屿一往情深。

1932 年，巴金又来到鼓浪屿，同样住在厦门酒店，同样可以看到那窗外黑暗的海水。这次仅住了一天就离去。这年，他出版了中篇小说《春天里的秋天》，写的是一对青年男女在封建礼教的残害下凄婉动人的爱情悲剧，这是一部富有南国风情的作品，故事发生地就在鼓浪屿。巴金说："我把小说背景放在厦门鼓浪屿，因为我从上海到晋江，来回都在鼓浪屿小住，我喜欢那个风景如画的小岛。我常常坐划子来去厦门，晚上也在海上看星星。鼓浪屿的春天给我留下很深的印象。"从这里可以看出，巴金对鼓浪屿已经难以割舍。

1933 年 5 月，巴金第三次来到鼓浪屿，还是住在厦门酒店。他是与两位朋友坐划子来到鼓浪屿的。他在《月夜》里如是描写鼓浪屿："不止一次，我在日光岩下的岛上看过七颗永不会坠落的星"，"繁星里我也曾坐了划子在海上看过景"，"攀登了日光岩，在那最高峰顶上眺望着美丽的海"，"我也曾在海滨旅馆里听着隔房南国女郎弹奏的南方音乐"。这是 1935 年他在日本横滨眺望夜空中的星星和住处前的大海时不禁触景生情，怀念起鼓浪屿而写下的。他在《南国的梦》里回忆道："划子在海上漂动，海是这样大，天幕简直把我们包围在里面了……我一直昂起头看天空，星子是那样多，她们一明一亮，似乎在给我们说话。"他已经把自己融入厦鼓海峡了。

此外，巴金在他的散文《黑土》《旅途随笔》《朋友》《扶梯边的戏剧》里，都有对厦门鼓浪屿的描写，表现出他对鼓浪屿的深深眷恋。厦门沦陷后，巴金激愤地写道，"鼓浪屿骚动起来了，铁骑踏进了花与树、海水与阳光的土地"，但他坚信"它们在那里得到的不会是胜利，而是死亡"。真的如巴金所言，1945 年 8 月日本无条件投降，侵占厦门和汕头的日军最高指挥官海军中将原田清一，就是在鼓浪屿签下投降书，交出指挥权，被遣送回国的。

可惜的是，厦门酒店已经被拆除，连房子的照片也没有留下，原址变成一片草地。

20 世纪 80 年代，某电影制片厂来鼓浪屿拍摄《春天里的秋天》时，因为没有了那个酒店，只得借"番婆楼"来替代，虽然地点不同了，场景和内容却是极为相似的。

林语堂曾就读的寻源书院

常家祜

林语堂 1895 年 10 月 10 日出生于平和县坂仔乡，幼时在父亲主持的家庭私塾接受启蒙教育，后进入乡里教会办的铭新小学读了几年。1905 年，林语堂 10 岁时，当基督教牧师的父亲因不满铭新小学的师资和教育方法，便把林语堂三兄弟送到厦门鼓浪屿上教会小学。

林语堂在鼓浪屿念完小学就进入教会联办的相当于中学的寻源书院。基督教于 1842 年传入厦门后，教会便以兴办事业来促进宗教的传播。办学是其中的一个项目，鼓浪屿被看中而成为其基地。寻源书院是美国归正教会和英国长老会于 1881 年联合创办的，校址设于鼓浪屿东山仔顶，原名寻源斋，据说是寓"寻真理之奥，启智慧之源"之意。起初是为培养基督教传道师而设的，主授神学，兼授中学课程。1884 年改为旧制中学，校名为寻源书院。最初授旧制中学课程，另加天文学和宗教课。其后陆续增加国语、英文、物理等课程，还设物理实验室。1906 年，附设师范科，培养师资。1907 年，由美国归正教会、英国长老会和英国伦敦公会各派两名代表组成校董会，改寻源书院为协和中学。辛亥革命后，学校实行新学制，取消协和中学校董会。1914 年，学校改名"寻源中学"，由中国人和外国人各数名董事组成校董会。1918 年，学校兼授两年大学课程，后因师资缺乏，大学班并入福州协和大学。1923 年，学校转向漳州地区发展，在漳州芝山下营建新校舍，于 1925 年初迁入漳州新址，将在鼓浪屿的校舍让与毓德女子中学。

寻源书院初创时，由洋人牧师主理校务，1885 年，由洪克昌首任华人校长，但洋人主理仍操实权。1887 年，教会派美籍牧师毕腓力担任助理。1897 年，黄马惠继任校长，历时 12 年。1910 年，卢铸英接任校长，历时 19 年，是历任校长中任期最长的，学校迁至漳州后，仍留任 4 年。

这所学校同其他教会学校一样，不重视中文教学，英文和自然科学课程的教学水平较高。在创校前期的 20 年中，有毕业生 62 人，全部为理科生。学校没有图书馆，中文书刊极少，学生不看报，不参加社会活动，只知读学校规定的课本，对时事政治茫然不知。1911 年，由少年时期进入青年时期的林语堂正在寻源书院埋首读书，就在他 16 岁生日那一天，伟大的革命家孙中山先生领导的辛亥革命爆发了，清朝统治被推翻。这样重大的历史变革，在寻源书院竟然没有激起什么反响，也未引起林语堂的重视。寻源书院是免收学费又免收膳费的，这对于一个穷牧师的儿子，毕竟是一个难得的上进求知的机会。所以林语堂说他欠教会学校一笔债。但他又说厦门的教会学校也欠他一笔债，即不准他看各种戏剧，限制他识知中国的戏剧、戏场、音乐和种种民间传说，使他直至30余岁才知道孟姜女哭夫以至泪冲长城的传说。他甚至说他的中学教育完全是浪费时间。学校禁止学生读课外书，这对于求知欲很强的林语堂自然不能满足，他便在上课时偷偷地看他喜欢看的书。

学校的美国校长毕牧师是个财迷。那时鼓浪屿日渐繁荣，做房地产生意能赚大钱，他把主要精力放在房地产交易上，打算盘的声响不断地从他的办公室传出。毕校长对中国学生的管理非常严厉，不准寄宿生们出去买宵夜点心。他把校长室设在楼梯口的房间，以便监视学生的行动。那时，学生完成晚自修后，多已饥肠辘辘，但慑于校长的威严，没有人敢下楼去买宵夜。后来有人出了个主意，先由一个学生借故外出，买好宵夜后向楼上同学打个暗号，楼上学生就用绳子吊一只竹篮下来，将宵夜提上去，然后，那位购宵夜的学生，双手插在裤兜里，从校长面前若无其事大摇大摆地走上楼去。

这所学校比较重视体育课，早在1896年就开始上体育课，到鼓浪屿办学后期，曾取得了优异成绩。1920年，福建省举行全省运动会，这所学校的代表队获得团体第一名，夺得银杯奖。学生余怀安赤足练跳高，曾获全校田径赛的跳高冠军。1923年被选为国手，参加在日本举行的远东运动会，以5.95英尺的成绩夺得金牌。余怀安为感谢学校培育之恩，把镌着"远东运动会跳高第一名"的心形盾牌，送给母校留念。这块奖牌曾长期保存校中，可惜于"文革"中遗失了。

澎湃的海音

石文英

1946 年秋季我们入校时正值抗战胜利一周年，厦大从长汀复员回厦。学生多了，校舍不够。一年级就安置在鼓浪屿田尾的一座大楼，厦鼓沦陷时为日本小学占位校址。女生宿舍在大德记女校，男生宿舍在新路头，原日本博爱医院。一切因陋就简，却生气勃勃。同学们组织班会，出壁报，关心国家大事。二年级时，迁到校本部，和三、四年级的同学在一起。1947 年和 1948年，全国学运兴起，厦大被誉为"华南民主摇篮"。当时情报很多，而且不断翻新，学生会候选人竞选激烈。要求民主，反对独裁，反对暴政，反对美国扶植日本，反内战，反饥饿等游行示威，一浪高过一浪，有力地震撼全厦门市乃至附近省份。校内出现了"啄木鸟""海音""大家唱""铁流"等不同立场的歌咏队、合唱团，其中以海音最有号召力。剧团在大礼堂（其实是男生膳厅，有上百条条凳，观众大都站立）先后公演了《开官图》《反把头斗争》《茶馆小调》等尖锐讽刺批判现实的话剧、小品。中文系的周炳荣、徐因两位同学还在大操场演过《兄妹开荒》活报剧，到处是轰轰烈烈的气氛。同学中一时涌现出许多出色的人才，不只百家争鸣，且是百花争艳。

这一时期解放战争的烈焰燃烧到华北，北方的一些高校暂时停课，一批进步教授暂时撤离南下，厦大来了有名的经济学家郭大力，教育学家林砺儒，戏剧家洪深父女等。洪深女儿还登台献艺，出演《打渔杀家》。他们的到来有如一把火，校园里的气氛更热烈了。此时学运已进入高潮。

我虽游离于学运的政治斗争之外，但深深感受到作为华南民主摇篮的那种充满活力、磅礴而伟大的气息，它是催生送死的号角，是正义光明的力量，是我们这一代厦大同学高昂精神的生动展示。

这几年色彩斑斓的大学生活值得我一辈子回忆。

新中国诞生，我们是第一届毕业生，豪情满怀。东北招聘团南下，一席话让大家陶醉了，纷纷报名参加东北经济建设。东北，千里迢迢，冰天雪地，我又瘦弱，父母苦劝，我就是坚决要去。母亲为此，天天醒起坐在床前流泪。临行当天，大雨滂沱，年过六十的父亲第一次撩起裤管脱下鞋子，光脚赶到家里帮我提行李。想起这些，至今锥心。我是个不孝的女儿啊！

当年，除了法律系被留在福建，其他理工各系同学绝大多数奔赴东北。福建交通十分不便，我们大队人马乘坐八九部旧货车，时而步行，时而上车在坑坑洼洼或泥滑的道上颠簸。风餐露宿，在省内整整辗转了一星期才到鹰潭。没一个人叫苦，没一个人掉队。一路上欢声笑语，引吭高歌，想象着正走上璀璨的革命征途金光大道。

到辽宁省后，同学们被分配到鞍山、沈阳、辽阳、抚顺、本溪、长春各地。二话没说，大家背起行囊，在各地不同的岗位上立即投入工作，为新中国的建设添砖加瓦。

这就是我们这一代厦大同学的抱负和憧憬。

从囊萤和映雪楼到讲师楼

许怀中

在那内忧外患、兵荒马乱的年代，父亲师范未念完，便因经济困难而辍学。在家乡待不下去，经朋友介绍，到同安当个小学教师。几年后，在鼓浪屿住下，把家眷接去。这美丽的海港，便成为我的降生地。

"七七"卢沟桥事变，日寇铁蹄步步蹂躏祖国大好河山，厦门濒于沦陷，父亲挈妇将雏，回到山城仙游。从大海滨到木兰溪畔，正是我上学的年龄。在故乡完成中小学教育，高中开始在报刊发表作品，当作家的梦使我报考大学中文系。

厦门刚解放，我进入陈嘉庚创办的"南方之强"——厦门大学中文系，又回到朝思暮想的大海之滨，住在囊萤楼上。一字形的楼房，建筑富有民族风格，楼前大操场，原是民族英雄郑成功练兵的演武亭。校园依山面海，正如鲁迅所说，"风景佳绝"。校园的上空，飘扬着"解放区的天是明朗的天"和"团结就是力量"的歌声。地处海防前线的厦门，厦大师生边上课，边投入海防斗争和防空，挖防空壕。

那时的男生宿舍，主要是一东一西的囊萤楼和映雪楼两座。学校以古人勤学苦学的典故来命名楼名，无非是勉励学生刻苦学习，将来报效祖国。东楼靠近东膳厅边一小店。鲁迅在《两地书》上写的"校旁只有一小店"，大概指此。西楼接近西膳厅，都是学生食堂。我先住在囊萤楼上，后搬到映雪楼上住。那是青春热情燃烧的年代，一边在楼上发愤读书，一边热情地参加各种社会活动。同班的同学不上十人，听余睿系主任和虞愚教授的古典文学课，虞愚先生有时请我们到他家里讲古诗词。历史系林惠祥教授讲授社会发展史，徐元度教授讲古文学概论，戴锡樟教授讲中国古典文学史，黄典诚教授讲新文字学，我还选修了王亚南校长的政治经济学。学校还请了《厦门日报》主编孙明来开新闻学概论课，我为课代表。余睿主任年老，王亚南校长动员正在英国剑桥大学留学的郑朝宗教授回中文系任主任，他开设写作课，蔡厚示先生任助教。真巧，20世纪90年代初，我应邀参加在剑桥开的国际学术交流会，就住在郑朝宗当年留学的校内。中文系学生数不多，但很活跃，经常举行诗歌朗诵会或作文比赛之类。

刚入学不久，市公安部门在市民中进行户籍整理工作，我们停课参加，大家日常在校外礼堂的台上，早出晚归，完成这一复杂的社会工作。回校后，正好厦大地下团公开，我第一批被吸收入团。课余，我经常为《厦门日报》和《厦门青年》写稿，被聘为通讯员。报社经常派人和我们联系，组织学习业务。魏巍的《谁是最可爱的人》一发表，组织座谈，赴朝英勇作战的人民志愿军是我们心目中"最可爱的人"。写稿热情很高，写的《厦大一年》通讯，反映厦大解放后一年的变化，在《厦门日报》发表后颇得好评，被评为模范通讯员。在通讯员大会上介绍经验，还被请到市电台讲话。

在校内，当了学生会文化部部长和团委会宣传部部长。《新厦大》校刊创刊后，参加编辑工作，在群贤楼下的办公室，有时通宵达旦工作。还创办了厦大有线电台，办公室设在囊萤楼下一间房间。寒暑假很少回家，有一个寒假，和同学们敲锣打鼓给解放军春节慰问。那时无论是学生会，或是团委会，大家相处融洽，配合默契，工作热情高，情绪愉快。团委尤书记，地下党出身，脸上总是带着笑容，青年学生很喜欢和他接近。他对我关心，我也愉快接受任务。因为这些工作被评为厦门市的模范团员。

念到大学三年级，遇上土改高潮，群贤楼的黑板报上大幅标语："状元三年一考，土改千载难逢。"我们怀着激情，背着背包参加惠安的土改运动。在厦学习期间，所受到的培养和锻炼，影响毕生，使我终生难忘。

大学毕业，抗美援朝战争热火朝天。省里正在创办荣军学校，培养从朝鲜战场负伤下来的伤员，提高文化以备分配工作。我被挑选到这"英雄的学校"和"最可爱的人"生活工作，不到一年便光荣加入中国共产党。抗美援朝结束，学校也完成了历史使命，组织送我到上海中央第三中级学校学习，回省工作不久，就被调回母校，这时已不是学生，而是一名教师了。先住在鼓浪屿厦大教工宿舍，每当傍晚，便在菽庄花园漫步。那时华侨函授部创办不久，在那里批改中文函授生作业。后调整住校内宿舍，工作也调到中文系文艺理论组教学，担任系总支副书记兼教师支部书记。回母校后，正值"反右"高潮已过，但郑朝宗主任等许多老师都被错划为"右派"。在"大跃进"的高潮中，中文系师生搬到三明新建工业城的工地搭起竹棚住宿，边劳动边教学，我因"炮战"宣传需要，被留在《新厦大》校刊当编辑。《新厦大》正是我当学生时创办的，直到快从三明搬回时我去那里住了一段工棚。在工地上挖土方，播音机里回荡着上海的地方乐曲，可能很多民工是从上海来的。

中文系从三明搬回，住在集美学校一座楼上。我有讲课任务，又常在厦门日报副刊《海燕》上发表文章，中文系爱好写作的学生也为副刊写稿。困难时期，中文系搬回到校本部，才逐渐稳定下来。不过，"反右倾"运动又伤害了一些党员教师。度过困难后没有几年，"文革"来临。有段时间，我躲在家乡仙游当逍遥派，攻读《鲁迅全集》。复课闹革命回校，我递上申请书准备下放，却被留下准备为"工农兵学员"教学，边到工厂、农村劳动，边备课。学员来报到是中文和历史系合并的"文史系"，在农村莲坂上课，学抗大，坐小板凳听课。后又恢复中文系，有一段时间和另一位老师编写《鲁迅在厦门》一书，为鲁迅研究迈出了第一步。

20世纪60年代初，学校建成西村一座讲师楼，三层楼，黄色墙壁，我分到二楼的一套宿舍，一直住到我离开厦大为止，后被拆掉，建新楼，我曾为之不胜惋惜。

书香不绝如缕

庄钟庆

大学时代的读书生活给人留下许多难忘的记忆。我于1951年9月考入厦门大学中文系，1955年7月毕业。这短暂的四年读书生活，回忆起来，如同昨天一样，活鲜鲜的往事重映眼前。

那时常常漫步在海边沙滩，朗诵着普希金的《致大海》《浩瀚的大海》，联想到知识海洋。一个来自农村的孩子，由闻泥土的芳香到嗅学海的书香，有着说不完的特殊感受。

书是很多的，但学生不能进入图书馆，即便进去了，也无所适从。那时，我们学习的目的很明确，即必须具有中国文学及语言方面的基础知识，把自己培养成为科研、教学方面的专门人才，因此，我们必须具有文学史、文学理论及语言学等方面的知识，还要有一定的分析、研究和表达能力。知识要靠老师来传授的，当时讲课的老师多为有名气的，这不是人为评选出来的，而是自然形成的。比如，讲中国现代文学史的郑朝宗先生，当时刚从英国留学回国，外国文学方面知识渊博，对中国古代文学颇有研究。虞愚先生原先是讲逻辑学，后转到中文系讲先秦文学，他的《论楚辞》一文被人民文学出版社收入有关论文集，有一定影响。李拓之先生研究《水浒传》很有名气，又会讲明清文学史。黄典诚先生那时在语言学界初露锋芒。作为学生，我常常为老师们在国内学术界的知名度而感到自豪。

那些有名气的老师，教学也是非常认真负责的，他们讲课不追求生动，而是讲究效率。如郑朝宗先生讲文学史时，史料翔实，线索明晰；徐霞村先生讲课注重少而精，重点突出；李拓之先生注重学术界的研究动态，从而推出自己的看法；黄典诚先生能结合语言规律，发现己见。老师们重于结合教学进行科学研究，并用成果丰富教学，因此，老师的讲课给人很多启示。

大学时代，注重学习，不限于老师讲好课，还必须重视在老师指导下阅读必读书，特别是中外古今文学名著，那时班上学习委员或课代表为同学服务的精神很好，他们负责向图书馆借书，并分发借给同学们，以保证班上同学都能读到必读书。

为了丰富学生的学习生活，经常举办学术讲座，从校长到普通教师都给学生开讲座，如王亚南校长讲过马克思主义经济学与中国古代作家，李拓之先生讲《红楼梦》，徐霞村先生讲《阿Q正传》等。

大学时代的学术气氛很浓，班上还出版黑板报，刊登同学学习心情体会，发表自己看法，颇受重视，学生还参加学术界的讨论，如《红楼梦》讨论非常火热，围绕对该书的背景、主要人物的看法展开热烈的争论，可到大会谈，也可以自由交谈，也可以向报纸投稿。

中学时代写过诗、小说、散文，进入大学后，想做作家梦，发现书读得太少，便一头扑在书海里。作家梦淡漠了，学习研究兴趣增多，这就为后来从事教学、编辑、研究工作打下了基础。

一九三六年厦门文坛记事

赵家欣

1936 年 10 月 19 日，鲁迅先生逝世，海内外同声哀悼。中共厦门地下党筹备组织鲁迅先生追悼会，当时是西安事变前夕，白色恐怖弥漫，地下党负责人尹林平（尹利东）、肖林（梁轩梧）等未便出面，几经酝酿，由各进步文艺团体和各报刊中的进步记者编辑十余人组成筹委会，经过缜密准备，追悼会于 11 月 29 日上午 9 时在小走马路青年会举行。大门前悬挂"厦门文化界追悼鲁迅先生大会"横幅，二门两旁悬挂"鲁迅精神不死""中华民族永生"楹联。主席台上横额为"低眉无写处"五字（取自鲁迅《为了忘却的记念》一文中的诗句）。正中是鲁迅遗像。花圈如林，挽联环绕。挽联中有："国步正维艰，野草热风，塞外方悲烽火；斯文今又丧，彷徨呐喊，何人更作导师。""朝花夕拾，应信灵魂长不死；南腔北调，从今呐喊永传声。"均巧取鲁迅作品名句入联。与会者千余人，臂缠黑纱。追悼会在庄严肃穆中进行，大会主席团主席高云览致悼词。大会一致通过了闽南文艺协会、天竹文艺社、实艺研究社、厦大文艺周刊社、闽南新文字协会、南天剧社、中华中学现实周刊社等文艺团体提出的"改大学路为鲁迅路"等三个提案。双十中学等校学生组织的歌咏队唱《哀悼鲁迅先生》挽歌。歌声从低沉到高昂，从歌咏队到全场合唱，歌声使人群似潮的会场增添了激越悲壮的气氛。闽南文艺协会编印了《追悼鲁迅先生专号》在会场分赠。追悼会的召开，激发众多青年踏着鲁迅先生的足迹，走向革命的道路。

鲁迅逝世后，国民党当局密令各地报刊禁止刊载歌颂鲁迅的文章。追悼会的召开，更是在所不许。但一纸禁令，难以遏止亿万群众对鲁迅的崇敬和热爱。厦门文化界举行追悼会是冒着很大风险的。我在《忆郁达夫先生》一文中曾经写道："这个广大革命群众和文学爱好者对一代文豪寄托哀思的集会，竟然引起了反动派的惶恐，厦门警察局长密报国民党省政府，打算逮捕追悼会的发起人。此事被当时在福州的郁达夫先生知道了。他义正词严，据理力争，才使十多位或者更多的青年免于一场灾难。"大会送交厦门国民党当局的"改大学路为鲁迅路"提案，更是石沉大海，无从实现。

郁达夫先生由闽赴沪参加鲁迅先生葬礼后，转往日本，于1936年12月30日经台湾到厦门，寄寓中山路天仙旅社三楼一号房。我作为《星光日报》记者和爱好文学的青年，怀着仰慕之情前往访问。郁先生平易近人，行装甫卸，就和我进行了长谈，我写了《郁达夫在厦门》访问记，刊登于当月31日的《星光日报》。30日下午，我陪同郁先生参观厦门大学，游览南普陀寺。

31日下午，郁先生应邀在青年会礼堂作题为《世界动态与中国》的演讲，马寒冰和我做记录。我还陪同郁先生游览厦门市区，并请南普陀寺的广洽法师先通款曲，于元日上午，与郁先生一起到鼓浪屿日光岩访候静修的弘一法师。郁先生返福州后，即赋诗表达对弘一法师的仰慕之情；其后在新加坡重逢广洽，又为文记叙此事。

郁先生还应约写了《可忧虑的1937年》一文，刊登于1937年1月1日的《星光日报》上。文中，郁先生从访日时所看到的"日常一切设施尽都军事化起来"，连小学生中学生都实行军事训练等积极备战的情景，敏锐地觉察到日本侵华战争的不可避免，提醒"亲爱的众同胞，现在绝不是酣歌宴舞的时候"。不出所料，半年之后，终于发生了七七事变。

郁先生在厦期间，慕名拜访他并求书幅的文化界人士络绎不绝。1937年元旦，是达夫先生在厦的最后一天。当晚，他与郑子瑜、马寒冰和我一起照了相，还书写条幅和对联分赠，并语重心长地叮嘱："现在社会的改进，寄厚望于你们这般青年。"

第二天，许多人去为郁先生送行，先生与居停主人吕天宝、厦门诗人谢云声等合影留念，子瑜、寒冰和我也在其中。

1926年，鲁迅先生南下厦门大学执教，当时我还是个小学生。1936年，我已是开始笔墨生涯的青年记者，得以参加鲁迅先生追悼会和访问接待郁达夫先生。1981年，我回厦门参加鲁迅先生诞辰100周年纪念会，意外地发现当年郁先生书赠的字幅为厦门大学一位教授所珍藏。几经周折，终于使这幅历经硝烟炮火、"文化大革命"浩劫的宝贵遗墨得以"完璧归赵"。如今，我已进入耄耋之年，在书写这一纪念文章时，一幕幕往事浮现在记忆里，鲁迅先生的精神，达夫先生的教导，是我经历风雨人生、沧桑岁月，至今尚能信念不减、执笔为文的力量源泉。这使我感念终生。

与此同时，我深深怀念 30 年代中期在厦门缔交的共同为拯救民族危亡而以笔作武器的众多朋友，其中，鲁迅追悼会筹委会成员和参加接待郁达夫先生的林东山（环岛）、马寒冰、童晴岚、郑书祥、陈义生、鲁默、柳青（戴世钦）、许印滴、鲁夫、高云览已相继离世。今仍健在、尚能互通音讯的，仅有在香港中文大学的郑子瑜。他们的形象，在我的记忆里都是十分鲜明的。

30 年代集美学校女子篮球队

力 强

集美学校在 30 年代，曾组织一支女子篮球队，它阵容齐全，训练有素。队员们的作风泼辣，敢于拼搏，是全国赫赫有名的三强之一，即福建（集美学校队代表）、上海、广东，曾驰誉东南亚一带球坛。

30 年代初，厦门篮球活动活跃，学校普遍开展篮球运动，大多数学校都有男子篮球队。市里和学校之间经常举行篮球比赛。但是参加女子篮球运动的人很少，女篮寥若晨星。于是，当时的厦门体育协会为推动女子篮球运动，决定于 1932 年 9 月举行学校女子篮球锦标赛。

当时担任集美学校体育部主任的黄炳坤，毕业于南京东南大学体育专业，曾是全国第三届运动跳远冠军。1932 年年初，他从获得过全省第三届学校联合运动会女子团体冠军的集美女田径队中挑选队员，组成一支个子高、素质好（速度快、弹跳好）、体力足的女子篮球队。黄教练对队员严格要求，进行艰苦的技术训练。规定女篮队员每日出早操、每周四次利用课余时间进行训练。他还经常组织女生队与男生队进行比赛，培养她们勇猛的作风，队员们进步很快，暑假期间，全队集中天天训练，还经常乘船到厦门比赛，集美女篮的水平不断提高。

1932 年 8 月底，上海两江女子体育专科学校篮球队远征南洋返程途经厦门时，集美女篮队到厦门和上海两江队进行比赛，出乎人们意料，集美队竟以 33∶17 的成绩，击败当时全国著名的两江队，轰动了厦门。

集美女篮队在 9 月的厦门女篮赛上一举夺得锦标。此后在厦门和闽南一带所向无敌，成为闽南最强的一支女子篮球队。

1933 年 1 月寒假期间，集美女篮队出征汕头、广州以及香港等地，所到之处，屡战屡胜，名震港粤。

1933 年 5 月，集美女篮队前往福州参加当年全运会选拔赛，没有遇到实力相当的对手，鳌头独占，入选代表福建参加 10 月在南京举行的第五届全国运动会篮球比赛。当时全队阵容如下：队长陈荣棠，队员庄淑玉、陈金钗、陈白雪、陈云芬、陈聚才、陈婉卿、薛匹侠、黄淑华、张玉珍、游惠芳、潘梦、石瑞霞。

暑假期间，集美女篮举队远征南洋新加坡。一是受到校主陈嘉庚的邀请；二是加紧练兵，迎接全运会篮球比赛。出征队领队陈掌谔，教练黄炳坤，女教练兼队员庄淑玉。

集美女篮队经香港抵达新加坡，在新加坡期间，各场比赛所向无敌，赢得了五场比赛全胜的辉煌战绩，轰动了新加坡。这是集美女篮队的全盛时期。

访问比赛结束后，校主陈嘉庚接见女篮队全体成员。队员都是涉世未深的女学生，从来没见过校主，在千里迢迢的海外即将会见校主，姑娘们心情紧张。大家被带入客厅，厅里布置简朴，铺着白巾的桌上摆着各色糖果、菠萝、椰子等。校主身穿洁白西装，袖口还打个小补丁，他满脸笑容，亲切地和每个人握手，然后招呼大家坐下。这些活泼好动的姑娘显得腼腆，陈校主和蔼可亲地问道："你们跑了这么远路来打球，在这里习惯不习惯？怕热不怕热？一天冲几次水？"噢！校主原来是一位如此平易近人的人。姑娘们话也多了，气氛逐渐活跃起来，欢声笑语阵阵。最后陈校主勉励姑娘们说："你们球打得好！功课也要好，回去后要好好把功课作业补起来。"姑娘们听了直点头。随后，校主还带全队参观了他创办的橡胶园、鞋厂、饼干厂、波罗蜜罐头厂和玩具厂，并送给每个队员胶鞋、玩具等礼品。姑娘们高兴极了。

集美女子篮球队远征凯旋后，10月，即以福建省队名义参加第五届全运会篮球比赛。前几轮福建女篮队顺利地淘汰了几个队后，遇到实力强大的上海队（以两江队为主）。这是福建队能否取得全国冠军的关键战。

比赛开始，福建队凭着优势一路领先，上海队毫不示弱紧紧咬住不放，逐渐追上来，比分接近。在一段时间里两队处于相持阶段，比分交替上升。在这重要时刻，福建队有些队员急躁起来，动作过大，主力队员陈金钗、陈婉卿、黄淑华相继犯规被罚下来，队友有些紧张，但仍毫不气馁，顽强拼搏。最后十秒钟，福建队还以45∶44领先。不料结束前一秒钟，上海队中锋陈荣明远投，球应声进网，反以 46∶45 险胜。比赛结束后，集美女篮姑娘们几乎都哭了，痛失了争夺全国冠军的机会。

集美学校女篮队队员毕业后，陈荣棠、陈婉卿、薛匹侠进入上海东亚体育专科学校深造。陈白雪等进入上海两江女子体育学校专科学习。这些队员后来都代表上海队打球，1935 年第六届全运会上，上海队夺得女篮赛冠军。在这时期，上海队还获"万国篮球赛"（有在沪的洋人参加）冠军。其主力队员陈白雪，被誉为当时的"篮球皇后"。

集美学校女篮队强盛时期也就此告一段落。

烽火岁月

第三辑

琐忆厦门青年战时服务团

赵家欣

    1936 年 12 月西安事变后，实现了第二次国共合作。七七事变吹响了全面抗战的号角，地处海防前哨，面对敌占岛台湾的厦门，在中共厦门工委的领导下，抗日救亡运动蓬勃开展。在新的形势下，抗日救亡团体由分散到统一，由秘密到公开。在中共厦门工委领导下的以党员和进步人士为核心的抗日团体，有当月（7 月）成立的厦门市文化界抗敌后援会、中国妇女慰劳前方抗战将士总会厦门分会，9 月建立的厦门儿童救亡剧团，10 月建立的鼓浪屿青年抗敌服务团，1938 年 1 月建立的厦门文化界救亡协会。"文抗会"和"妇慰会"于 1937 年 9 月间并入抗敌后援会厦门分会的宣传工作团和慰劳工作团。宣传工作团团长是《星光日报》社长胡资周，实际领导人是中共党员施青龙、洪学礼、许展新，慰劳工作团的领导人谢亿仁（团长）、黄楚云、陈亚莹（陈康容）都是中共党员，厦门儿童救亡剧团的领导人先后为中共党员的洪凌、陈轻絮、林云涛、张兆汉，鼓浪屿青年抗敌服务团领导人是中共党员刘角夫，厦门文化界救亡协会25名委员中，中共党员和进步人士有19名，实际领导人是张兆汉、许展新、邓贡直等。此外，还有七七事变前革命诗人蒲风、厦门进步诗人童晴岚、中共党员陈亚莹、童丹汀等组织的厦门诗歌会。这六个抗日救亡团体，互相配合，深入联系各阶层群众，扩大抗日民族统一战线，开展了轰轰烈烈的抗日救亡活动。活动的主要方式：组织街头宣传队、出版抗日刊物、慰劳抗日将士、组织"献力运动"（协助驻军挖筑防御工事）。抗日团体开展的各种形式抗日救亡活动，既振奋了群众的爱国精神，也提高了团员爱国思想和工作能力，为厦门青年战时服务团的成立提供了组织条件和思想准备。

1938年5月10日清晨4时左右，日本侵略军在厦门郊区五通一带登陆。傍晚，日军经过江头、莲坂，进逼市区。在中共厦门工委领导部署下，宣传工作团、慰劳工作团、厦门文化界救亡协会、厦门儿童救亡剧团和厦门诗歌会的骨干和部分团员，相继撤至鼓浪屿，同鼓浪屿青年抗敌服务团骨干会合。中共闽西南特委简朴、苏惠、中共厦门工委委员陈伯敏一起撤退，与各团体领导共同分析面临的形势，认为敌人可能继续进攻闽南，当前的任务是开展闽南民众抗日救亡运动，动员民众参加抗日保卫家乡斗争，工委提出的口号是："发动群众，武装保卫闽南。"深夜，6个团体的成员集中在英华中学大礼堂开会，决定成立厦门青年战时服务团（以下简称"厦青团"），开赴漳州，以漳州为中心，在周围县城乡镇活动。会上选举施青龙（施大德，共产党员，厦门文化界党团成员）、谢亿仁（谢怀丹，共产党员，厦门文化界党团成员，妇女支部书记）为正副团长。11 日，渡海到嵩屿，步行去海沧，当晚在海沧小学礼堂召开全体团员大会，选施青龙、谢亿仁、洪学礼（洪雪立）、许展新（许符实）、张兆汉、邓贡直、黄楚云（黄文哲）、童丹汀（童新民）、刘角夫（刘建智）、王正安、林云涛（林环岛）、林松龄（林伯祥）、童晴岚（童雨霖）、许印滴（许岱宗）、童如等 15 人组成干事会，作为团的领导核心，并推洪学礼（共产党员、厦门文化界党团书记）为组织部部长，许展新（共产党员，厦门文化界党团成员）为宣传部部长，童晴岚（厦门诗歌会负责人）为总务。全团共 108 人，是厦门抗日救亡骨干的总汇，其中有工人、海员、店员、职员、学徒、中小学教师、中学生、报刊编辑、记者以及文艺界人士，平均年龄 20 岁左右，只有团长刚满 40 岁，是个名副其实的青年队伍。全团分为 9 个工作队，其中厦门儿童救亡剧团为第 9 个工作队，年龄最小的 7 岁，最大 17 岁。抵漳后不久，经中共闽西南特委指示，"厦儿团"由洪凌、陈轻絮率领，前往南洋宣慰侨胞，争取侨胞支援祖国抗战。其余 8 个工作队则坚持在漳州、龙溪、南靖、平和、漳浦、海澄、同安和闽西龙岩等县市城乡，进行抗日救亡宣传活动。

厦青团一到漳州，就由团员童晴岚、童丹汀、许乃东（许文辛）等集体创作团歌《我们是钢铁的一群》，歌词如下：

我们是钢铁的一群！担起救亡的使命前进！武装不愿做奴隶的人们，把战斗的火力，冲向敌人的营阵。不怕艰苦，

不怕牺牲，为着祖国的解放，为着领土的完整，誓把宝贵的
性命，去跟敌人死拼！

音乐家曾雨音为歌词谱曲，并亲自到团部教唱。

厦青团团员满怀国恨家仇，在抗日救亡宣传中学习锻炼成
长。除少数人留驻漳州团部外，8个工作队分到城镇乡村工作，
每到一地，马上进行街头或广场宣传，唱《义勇军进行曲》《大
刀进行曲》《救亡进行曲》《牺牲已到最后关头》《打回老家去》
等救亡歌曲，演出街头剧《放下你的鞭子》，然后演讲、读报、
教唱。队员们把《松花江上》的歌词《我的家在东北松花江上》
改为《我的家在福建鹭江岛上》，怀着家乡沦丧、悲愤交集的心
情，泪花伴着歌声，使许多观众感动哭了。他们有的在街头带头
读报，宣传抗日；有的深入工厂学校，教唱救亡歌曲；有的编写
张贴壁报，刷写"有钱出钱，有力出力""武装保卫闽南""军
民合作，保卫福建""打倒日本帝国主义"等大标语。为了解群
众疾苦，向群众学习，每到一地，团员经常进行家庭访问，宣传
抗日道理，有时还和农民一起下田，边劳动边谈心，一遇敌机轰
炸，队员们奋不顾身救护伤员，还到医院慰问伤兵。

厦青团团员在日常工作生活中不怕艰苦、不怕牺牲，团部成
立时，没有半点经费，在海沧小学礼堂的团员大会上，许多团员
献出随身所带银圆，女团员献出所戴金戒指、金项链，作为团的
经费。其后的开支，依靠群众支持，和海外亲友的资助。战时交
通不便，接济时常中断，团员每日三餐稀饭，没有工资也没有零
用钱，生活十分艰苦。厦门沦陷前，我去前线采访南返时，适逢

日军进攻厦门，滞留香港。6月，即将创刊的《星岛日报》任我为国内特派记者，采访东战场新闻，经汕头、潮州回到漳州，当时得知厦青团经费缺少，生活困难，甚至有断炊之虑，途中向同行者募得一笔为数不多的款项，交与团部，以济燃眉之急。那时我暂住在团部，亲眼看到青年战友们意气风发，为抗日救亡不畏种种艰辛，曾采写通讯寄《星岛日报》刊登。

第一工作队在新安一带，白天走家串户，进行访问、出壁报，晚上在村中树下吊起汽灯读报纸，很受群众欢迎。在走访基础上，办了夜校，分男女两班，辅导女班学文化，进行抗日救亡、男女平等、努力生产劳动、支援抗战的宣传教育；在男班讲抗战形势，游击战常识，组织学员和壮丁队一起巡逻放哨，教他们如何运用地形，必要时武装起来，保卫闽南，对敌作战。

第三工作队在石码，演出《放下你的鞭子》，当唱出"九一八、九一八，从那个悲惨的时候……"全场一片静寂，可以听到妇女群众低泣的声音。当唱到"种子落地会发芽，仇恨入心会生根，不杀冤仇臭日本，海水也洗不掉心头恨"时，会场情绪沸腾，高呼"打倒日本帝国主义"口号。演出的成功、群众情绪的热烈，是石码前所未有的。

第八工作队到小溪，住在内迁的厦门双十中学校内，他们除了唱歌、演剧，进行口头宣传外，还特地开辟一间阅览室，排列《辩证唯物论》《大众哲学》《新人生观讲话》等哲学、历史、政治、文艺书籍和报刊供团员学习。

厦青团团部于8月间举办训练班，由洪学礼、张兆汉、邓贡直等讲《中国是怎样降到半殖民地》《抗日民族统一战线问题》《批评与自我批评》，通过工作锻炼与理论学习，团员的思想觉悟普遍提高。

厦青团各个工作队的救国热情和艰苦作风，感动了各地的群众和开明士绅，得到他们不少的支持和帮助。如第八工作队在小溪得到文化馆张元恭、张元让兄弟密切配合，工作开展比较顺利，统一战线工作开展得比较好。有个绿林好汉出身的游击队大队长，工作队请他支持，开大会时出来讲讲话，他答应了，在演剧之前，他讲了话，要大家起来抗日，又狠狠骂了一顿汉奸。话虽短，却增加了抗日宣传的气氛。当地有个很有名气的开业医生张国瑞，同情抗日，团部派来的交通员郭奋志，因劳累染上伤寒症，他免费给予诊治，队员轮流看护，过了一个星期郭奋志不幸逝世，张国瑞医生出面募捐钱物，为郭奋志买棺木埋葬。这位厦门的抗日青年，长眠在平和县的土地上，团部在漳州为他举行隆重的追悼会。

第五工作队在漳浦旧镇下林村，受到村中男女老幼的欢迎，女同志和阿婆阿嫂等攀谈，介绍厦门沦陷经过，揭露日军暴行，十分亲热。村中青年帮助找地点搭戏台、贴标语、借道具、帮助解决吃住问题，宣传工作得以顺利开展。

第一工作队住在新鞍小学，自办伙食，当地农民看见工作队的同志吃咸菜稀饭，就主动送米送菜，帮助改善伙食，对生病发烧的小同志，村民主动帮助照顾。

厦青团在闽南的活动，得到广大群众的欢迎和支持，同时也遭到国民党顽固派的限制、破坏和迫害。

在漳州，厦青团部设在龙溪简易师范。不久，受到挤进简师的龙溪县警察局的监视。在石码，被国民党区长限令马上离开；在龙岩，国民党县长借口"这里有土匪、汉奸，你们的安全不敢保证"，只同意住两天就离开。

在漳州郊区南乡，演出前副队长吴秋霖演讲中谈到减租减息，减轻农民负担和整治污吏，改善人民生活等，触怒了当地的贪官污吏和土豪劣绅，吴秋霖和队长邓贡直被抓走，隔天被押送漳州监狱，关了20多天。在漳浦，驻军七十五师某团团部，用武装把团员押送漳州。

7月，国民党省政府委员林知渊到漳州视察，看到厦青团在群众中有一定影响，想捞政治资本，要厦青团到抗敌后援会备案。鉴于厦青团在工作中一直受到干扰和破坏，为了争取抗日救亡的民主权利和合法地位，并解决经费问题，经中共漳厦工委批准，派正副团长施青龙、谢亿仁前往福州，提出的条件：一、保持厦青团的独立性，不改组不改名；二、坚持在闽南一带进行抗日救亡活动，并抗议国民党对厦青团的种种阻挠和破坏。由我以记者身份随同前往。在福州，我们应新四军驻榕办事处主任王助的邀请，到龚家花园（现西湖宾馆）吃便饭，聆听王助分析抗日形势。经过交涉，国民党释放了邓贡直、吴秋霖，规定厦青团只能在闽南几个县的范围活动。但各地对厦青团的迫害仍是有增无减。

9月，第七工作队在南靖的活动备受干扰，宣传受起哄，开会遭捣乱，进行家访，保甲长通知群众不要与队员接触。一天晚上，副团长谢亿仁、队长黄楚云到县政府提抗议，出门时，发现黑暗中有人跟踪恐吓，她们又回到县政府质问交涉，直到一位秘书口头答应保障安全和工作不受干扰才离去。临行时，那位秘书小声说："你们纪律严明、组织性强，两位女士有胆有识，佩服！佩服！"当她们回到住处，才知道工作队队部当晚遭到搜查。

厦青团在闽南一带的活动，引起了国民党省当局的注意。10月上旬，省政府派员到漳州，说要组织"华侨慰问团"，请厦青团跟他们去唱歌演戏，遭到厦青团拒绝。10月中旬，厦青团团部被武装包围，52名团员被押解去沙县。到了沙县，厦青团被编为"特别训练班"，直属福建省保训合一干部训练所沙县军训处，团长施青龙被叫去汇报工作，关押在三元，7位团员被调去戏剧巡回工作队。黄楚云被调去妇女干部训练班，国民党采取软硬兼施、分散力量办法，使厦青团分化瓦解。面对新的形势，厦青团秘密成立了中共支部，党支部会议分别在野外、操场、女宿舍举行，讨论如何稳定团员情绪，提高警惕，加强锻炼，大家因之意志更加坚强，真正成为"钢铁的一群"。

厦青团遭受迫害，引起了各界人士的愤慨，纷纷来信来电慰问，要求福建当局恢复厦青团。在此期间，福建省政府的"华侨慰问团"船到新加坡时，当地爱国华侨到码头示威、反对破坏抗日救亡运动的福建当局慰问团上岸。

厦青团"受训"三个月，1939年1月下旬结束，除许展新被软禁在沙县，三名团员被留下外，其余全部分配到省内各地，当民众学校教员，至此，厦青团被彻底解散。

抗日救国会掀起反日怒潮

张圣才

1931 年 11 月 2 日，市各界人民团体和学校代表数十人假大同中学礼堂举行成立大会。时国民党党政军认为这是大逆不道，准备武装镇压。抗日会闻讯安排十几位厦门知名老前辈黄幼垣、杨山光、许春草、杨子晖等守住大门，不让军警闯入，另外在校门口布置几百名工人纠察队，准备武斗。开会时，国民党大批军警如临大敌，在校门外虎视眈眈，但终不敢逞威。厦门抗日救国会推选各界代表许春草等 21 人为执行委员。首先在厦禾路厦门建筑总工会公开挂牌，以后改在厦禾路糖油公会内办公，这是全国第一个公开挂牌的人民抗日团体。

厦门抗日救国会成立后，开展各种抗日活动，如张贴宣传东北义勇军抗日和淞沪抗战的壁报；捐款支援马占山和十九路军；组织群众游行示威；抵制日货；逮捕奸商示众等。在抵制日货活动中，救国会的纠察队多次与日籍台湾流氓短兵相向。有一次，国民党市党部唆使他们的忠实走卒码头工会主席陈福星率队数十人，冲击救国会的一次代表大会，纠察队员把陈福星绑起来，并驱走了暴徒。

又有一次，安记船务代理公司用"四山马"轮船从台湾运进几千吨煤炭，因为是日货，抗日救国会把它扣留。安记行地处三大姓的吴姓地界，受他们保护，"四山马"轮被扣，吴姓出面交涉，抗日会义正词严出动爱国群众和学生5000多人，声势浩大到安记行逮捕经理吴某游街，吴姓准备反扑，幸亏他们族长吴纯波是一个爱国明理的长者，极力安抚族众，才消除这一次严重冲突。

厦门抗日救国会公开进行反日活动，大大地提高了闽南各地群众的斗争精神。有22个县相继成立了抗日团体，与厦门抗日会相互呼应，1931年12月底，在集美学校召开一次闽南各县反日团体联合会，并在厦门设立办事处，会址在厦禾路建筑总工会，由集美中学校长陈式锐为总干事。

厦门文化界抗日救亡运动

洪 雷

厦门是东南沿海的重要口岸。国民党当局从一九三五年冬到一九三六年春加紧对厦门共产党地下组织的搜查、迫害，中共厦门中心市委的主要领导人屡遭逮捕，市委机关屡受破坏，党组织受到十分严重的打击。一九三六年年初，以尹林平为首的一些党的干部，因安、南、永、德根据地受破坏而撤退到厦门，重新组织集结党的力量，于七月间成立了中共厦门市工作委员会（简称厦门市工委），领导厦门文化界开展轰轰烈烈的抗日救亡运动。

厦门市工委一开始就利用厦门市的《星光日报》《江声报》和《华侨日报》三家大报纸作为鼓舞人民抗战的宣传阵地。《星光日报》《江声报》的文艺副刊《星星》《人间》，理论副刊《学钟》《理论与实践》，每期都有我们的文章和专论。时事专论的主要内容是停止内战，一致抗日，争取民主和言论、出版、集会、结社等自由，这些专论文章都由厦门市工委讨论并指定专人执笔，工委审阅修改后才发表。一九三六年秋，《江声报》的理论副刊《理论与实践》为无政府主义者所接办，厦门工委立即组织力量，先后就"反苏"与"拥苏""西安事变"等问题与无政府主义者展开论战，广泛地宣传了我党的方针、路线、政策。

厦门地下党人主办《学钟》副刊时，积极邀请当时国内著名的"左联"作家投稿，著名历史学家侯外庐、经济学家沈志远、邓初民等都为《学钟》撰写文章，因此，《学钟》在群众中影响很大；许多报社的记者、编辑也随之积极靠近我们。厦门市工委负责人之一洪学礼当时在《江声报》主编中外新闻，他借此机会大量刊登抗日新闻。《华侨日报》也刊登了不少党内同志所写的文章。党充分利用了这些舆论阵地进行抗日宣传，开展抗日救亡运动。

随着抗日救亡运动的发展，厦门的救亡歌咏运动也随之兴起。厦门的救亡歌咏运动是受上海影响的。当时在上海的全国救国会通过中共南委与厦门市工委接上关系，李公朴亲临厦门演讲，为抗日呐喊。不久，上海救国会又派刘良模到厦门搞歌咏运动，在厦门青年会组织歌咏队，教唱救亡歌曲。党组织积极发动青年工人、店员、学生参加歌咏队。歌咏队成立不久，厦门市工委就派了两个同志去负责，一方面在歌咏队起骨干作用，另一方面在歌咏队里培养积极分子。经过一年多时间的工作，吸收了一些积极分子加入地下党组织。歌咏队影响很大，大街小巷都可以听到他们的歌声，青年歌咏队和店员歌咏队最活跃，活动得尤为出色。

与歌咏同时兴起的还有抗日救亡戏剧运动。当时厦门大学、双十中学、中华中学、吉祥小学、慈勤女中、毓德女中等都有业余剧团组织。厦门市工委为了促进厦门戏剧运动的蓬勃开展，特地与漳州芗潮剧社联系，约请他们来厦门公演《巡按》等剧目。一九三七年二月，芗潮剧社来厦连续公演十几场，场场满座，影响很大，从而引起了厦门戏剧界的兴趣，逐渐在厦门形成抗日救亡戏剧运动。当时在上海学习戏剧的党员洪学禹，一回到厦门就到各业余剧团指导排练，党内的戴世钦先后组织了戏剧研究会和南国剧社。戏剧运动还促进了文化界人士与党的联系，如当时的厦门中山医院总务主任叶苔痕、吉祥小学校长王秋田，在看了芗潮剧社演出后，都来与我党联系，加入抗日救亡戏剧运动的行列。

市工委在渔民、工人、店员、青年中办起了许多夜校。夜校的负责教师都是党团员，他们一方面给学生上课，另一方面宣传党的政策，使夜校成为党联系群众的主要基地之一。当时党内的克里同志（曾逸梅）组织了读书会，参加的有近千人。读书会经常举行活动，每周召开一次时事讨论会。厦门、鼓浪屿的各个角落都有读书会组织，以后发展到连和尚、尼姑、修女都参加读书会。读书会在当时的作用有三个方面：第一，宣传我党"停止内战，一致抗日"的主张；第二，起了统一战线的作用，通过党员去联系、组织各阶层的人们，团结各阶层的群众，并且争取了一些原先接受无政府主义思想的青年转到我们这边来；第三，训练干部，培养积极分子，壮大了党的组织。通过夜校和读书会的活动，党在文化界的抗日救亡运动有了广泛的群众基础。

为了进一步在工农群众中开展抗日救亡运动，市工委认为必须提高工农群众的文化水平，于是发起拉丁化新文字运动。市工委首先派梁先甫去学习新文字，并成立"推广拉丁化新文字协会"，制订了以厦门话为中心的闽南学习拉丁化新文字的方案，组织积极分子、中学教师、厦大学生进行学习，然后向工农群众推广。党还组织了各种进步的文艺社团，如闽南文艺协会等。当时马寒冰住在鼓浪屿，他在那里组织了"天竹"文艺社团，团结了一批文艺界人士。克里和鲁默、郑书祥一起编辑出版了《实艺》周刊，在《星光日报》副刊《星星》上借版刊行，从创刊至一九三八年五月厦门沦陷，未曾脱期。刘角夫也组织了一个文艺小组，李文浩则利用在《星光日报》文艺副刊任主编的机会，经常帮助青年修改文章，团结了五六十个文艺青年。党从各方面掌握了厦门的文艺队伍，随之把它们组织起来，成立了文艺研究会，不久改名为文艺界抗日救亡协会。

与此同时，中国诗歌协会的理事蒲风到上海开完理事会后回到厦门，受我党的影响，与厦门诗人童晴岚、李清乌等人组织了南国诗社，出版诗刊，并常在报上发表诗作，组织诗歌朗诵。在党的帮助下，诗歌运动很快就在厦门开展起来，许多文学青年用诗歌号召人民起来抗日，不做亡国奴。

在厦门市工委的正确领导下，厦门文化界的抗日救亡运动蓬勃发展，它对厦门群众奋起抗日救国起了很大的推动作用。

参加接收厦门日军投降琐忆

任仲泉

1945 年 8 月 14 日夜 8 时左右，我在永安吉山应同事秦君的宴请，正酒酣耳热之际，听到永安美国新闻处发布日本无条件投降的消息。席间人心振奋，相偕拥上街头，家家燃放鞭炮，彻夜未绝。在此之先，苏联对日宣战，美国在日本扔下两枚原子弹，大家都预感胜利在望。省府首脑也有接收金厦的准备。关于人选问题，主席兼第三战区副司令长官刘建绪内定由省保安处长兼保安纵队司令严泽元为接收金厦委员会主任委员，经向第三战区司令长官顾祝同推荐，获得同意后即在省府例会上发表。严是黄埔军校三期毕业，曾任驻日武官，对日本政治、经济、军事均有研究，是当时最合适的人选。严奉命即组成如下的工作班子：上校参谋丁维禧（尚有中校参谋 1 人由纵队司令部调用），中校副官周维新，少校副官陈惊奇，军需办苏东海，秘书任仲泉（译电员 2 人、司书 2 人均由纵队司令部调用），随从副官上尉陈庆云，配备卫士一班。此时，公路破坏尚未修复，用两部卡车一部小汽车送至大田后，步行至德化，在保安纵队司令部驻地住一天后，继续启程经泉州直趋漳州，租用龙溪九龙饭店办公。日本驻厦门的最高长官为海军中将原田清一，当他得知接收人员已到漳州，即派上尉参谋一人前来联络。严泽元用福建省保安纵队司令名义命令其造具投降官兵花名册，军事设施、武器弹药物资等清册。当时，省府已发表省府委员黄天爵兼厦门市市长，他带了一套人马集中漳州、集美两地待命。第三战区司令长官部派一少将专员李致中，副司令长官部（驻南平原第十集团军总司令部）亦派少将参谋处长唐精武来漳协助，一时将星云集，苦煞龙溪县长应接不暇。严泽元在日本多时，平时深究仪表，对工作人员仍着战时土布装，腰束皮腰带，认为有损战胜国威仪，乃令人到厦门采购卡其布两匹为工作人员制笔挺新装，并换上皮鞋。正在整装待发之际，海军第二舰队司令李世甲中将（当时亦是福建省政府委员）奉海军总司令陈绍宽委派为接收厦门日本海军专员。他到达集美时，电告严泽元不要进入厦门。严急电第三战区正副司令长官顾祝同与刘建绪请示。对国民党中央以何应钦为首的主张按战区序列接收；而以海军陈绍宽为首的主张台、澎、金、马要港应归海军接收，从日军投降至9月20日僵持了一个多月，文电交加，无法协调。陆、海军双方陈兵集美，谁都不让对方先入厦门。厦市沦陷7年多，人民盼望光复，成为泡影。连日本联络参谋都哀叹云：我们希望你们早日接收厦门，以解决厦门人民粮食、薪煤、蔬菜等生活资料的供应问题。

9月中旬，接上级命令，改由海军李世甲接受厦门日军投降，

28日在鼓浪屿海滨饭店举行受降仪式。嗣因李奉命接受台湾日本海军投降，旋即离厦，发表刘德浦为厦门要港司令，继续办理未了事务。我们省方大批人员因9月下旬连日台风袭击厦门，无法渡海，延至10月3日，才分别由石码、集美进入厦门。到埠后，群众夹道欢迎，欢声雷动，旌旗若潮，鞭炮烟雾遮天。海军方面已接收投降官兵2000余人，以厦门大学校舍为临时俘虏集中营。是日起，全市治安防务由陈重率保安一团接防，黄天爵等一行接管厦门全市行政机关。至于海关、邮电、银行、司法、税务等伪机关，亦由国民党中央各系统派员接收。敌伪人员怕国法不容，纷纷寻求投靠庇护，中统、军统分子，乘机活动，有些人大量受贿，发了不义之财。

驻厦期间，驻在虎头山原日海军司令部的好几部大、小汽车供我们使用，由日本人开车。在路上，日本军人（部分留用未进战俘营）见到我们均立正敬礼，文职人员均作90度鞠躬，恭谨听命。8年中国同胞受尽污辱欺凌，全国军民牺牲多少生命，才换得最后胜利，今日亲见日本投降，战犯待审，衷心感到无限兴奋。11月杪，我随严泽元回到福州，立即返永安吉山。不久，省府机关全部迁回省会，保安处亦同时迁回，暂住林文忠公祠堂办公。

新年过后，阅报知第三战区少将专员李致中在接收物资中因盗卖汽车案发，经军法审讯属实，判处死刑。这是此次接收中的一段插曲。

参加解放厦门战斗的英雄船工

游全章

1949年9月，海沧地区解放。地下党组织根据上级的指示，大力发动船工支援前线，参加解放厦门岛的战斗。东屿、贞庵、鳌冠、新垵、霞阳和来自附近的上百名船工，积极响应，带着船只，集中新垵、霞阳一带，接受训练，待命出发。战斗一打响，他们个个在纷飞的炮火中，临危不惧，运送大批解放军战士登上厦门岛，立下赫赫战功。

1949年10月15日下午6时，党中央、中央军委下达解放厦门岛的命令。船工们在作战指挥部的统一指挥下，驾驶着各种船只，满载解放军指战员，向厦门、鼓浪屿进发。新垵的老船工杨大炮，当驻新垵的三十一军九十二师二七四团动员船工支前时，他一马当先报名参战，并积极配合驻军从各地组织调集20多条木舟和帆船参与支前和战斗。解放厦门的战斗打响后，杨大炮驾驶的团部指挥船，听从二七四团周团长的指挥，临危不惧，凭着老练的驾驶技术，往返三次穿梭在鳌冠与高崎寨上之间的海面上，往返途中又抢救四位受伤的解放军战士，荣获一等功臣的称号。

强登寨上的战斗十分激烈。当解放军登陆船队接近蒋军阵地时，顿时枪声大作，守敌从寨上、牛脚仓、石湖山一带用迫击炮、机枪密集炮火射向船队，妄图阻止我军前进，一时我军前进受阻，战士损失严重。霞阳船工杨友明首当其冲，不幸胸部中弹，血流如注，他左手捂着伤口，用右手和腹部固定舵位，继续前进。船到滩头，他已经壮烈牺牲。船工杜宗德，从翁厝连续运载部队向寨上挺进，不幸遭受敌机俯冲扫射，身中三弹，仍不下火线，顽强地掌好船舵，直至牺牲时他双手还紧紧握着船舵不放。为表彰杨友明、杜宗德英勇参战，中央人民政府特颁发了"革命烈士光荣证书"。

荣立二等功的船工杨新用、杨元妙、高端明、郑明川等人，在10月16日的战斗中，不畏艰险，乘风破浪，往返多次运载解放大军登陆厦门岛，光荣受伤，至今身上还保留当年留下的弹头。荣立三等功的船工叶英科在解放鼓浪屿的战斗中，右膝连中三弹，不能站立，就坚持坐卧掌舵，抢运战士上岛，一直坚持到战斗胜利才入野战医院手术抢救。由于延误抢救时间，叶英科右腿残废。船工王振卿、王友才共同驾驶载重10多吨的帆船，15日黄昏时刻开始满载部队冒着石湖山两侧守敌的猛烈炮火，穿梭不停地从翁厝、田边运送部队强行登陆作战，保证了解放军及时占领石湖山阵地，全歼石湖山顽敌，受到军部的表彰。

在新生院喜迎厦鼓解放

万平近

1949 年的夏秋季节，东海之滨的厦门岛未见狂风巨浪，但险恶的政治黑浪却汹涌而来。从长江前线溃逃南下的汤恩伯、刘汝明两支军队龟缩厦门。国民党的特务头子毛森从上海逃亡到厦，担任厦门警备司令部中将司令，继续挥舞屠刀残酷屠杀革命者。风景秀丽、空气清新的厦门岛，被浓重的白色恐怖所笼罩。厦大校方在共产党秘密推动下，虽采取多种措施展开护校运动，但反动势力对厦大的压榨并未收敛。

在这年暑假到来之前，几年来蓬勃开展的反压迫、争民主运动暂时转向沉寂，大批秘密加入共产党、青年团的青年学生和教职工转入福建内地，被学生拥戴而遭特务监视的著名教授先后转往安全地区。中文系留校同学，在大操场的草坪上举行月光晚会，欢送郑朝宗教授赴英国，祈望黎明之日再相聚。在革命学生运动蓬勃开展的时日，中文系学生曾是活跃的群体之一。图书室秘密藏有马列书籍和解放区文学作品，演出过《兄妹开荒》等解放区歌舞戏剧，我不会演戏也忙于后台工作。在汤恩伯军队强占厦大校舍之前，我协同余仲奇同学秘密转移在集美楼的系内藏书。

1949年8月31日深夜，特务头子毛森率领军警特务重重包围厦大，持黑名单胁迫校方交人未遂，便指挥特务恶棍强行进入学生宿舍抓人。我暑期由博学楼搬到映雪楼暂住，先后两批特务闯入，欲逮捕教育系潘协和同学。我回答"不认识""不知道"。好在潘协和同学已转往市区，未遭灾难，几天后便转往闽西南解放区。次日清晨我才知道军统特务昨晚在厦大逮捕师生员工十一人。半个月后，被捕的厦大工友党支部书记张逢明、组织委员陈炎千和学生党员修省就被军统特务杀害，他们在公园后门英勇就义。

1949年9月初，溃退来厦的汤恩伯部队强占厦大校本部陈嘉庚先生筹建的五座主楼，全部留校学生被驱赶到鼓浪屿的新生院。厦大操场及周边山丘成为国民党治军练兵打靶之地，郑成功收复台湾的前进基地，化为国民党败军溃逃出海的集结地。美丽的校园被搞得乌烟瘴气。

新生院本来就是一年级学生住宿之地，我虽该进入三年级，也得同留校的数百学生一道再住鹭江边博爱楼的新生院。周围都有军警监视，形同一座未设牢门的集中营。迁来鼓浪屿几天后我就看见闯入我住映雪楼寝室的一脸凶相的特务带着猎狗在街上巡逻。在新生院居住期间，同学之间相见只能一笑，或坐下打牌、下棋，谈天避免涉及政局。但从报纸上不断刊载国民党军"转进"的信息，以及家居厦门市的同学收听广播传来解放军向南挺进的佳音，可知解放厦门之日愈来愈近。10月1日北京天安门举行开国大典，我是从家在厦门市的同学秘密收听广播而得知的。

随着福州、泉州、漳州及福建内陆的解放，厦鼓两岛已被解放军三面合围。我从博爱楼的窗口向东远眺，可见厦门港停泊着难以数计的白色和灰色的舰艇，便知在厦门岛上挥舞屠刀的恶魔早已做好从东面海上逃亡的准备。从10月上旬开始，隔着厦鼓海峡的炮战便打响。在新生院的窗口可以看到，建在鸿山等高地上的敌炮台、碉堡，疯狂地发炮向西射击。呼啸的炮弹飞过鼓浪屿上空，妄图阻挠、破坏解放军渡海船只和军队的集结。暑期留校厦大学生大都被市政当局强征参与过打石头筑碉堡、炮台的无偿劳动，也自然知悉炮台、碉堡的具体位置必易为解放军所侦知。果然，从西面飞来解放军还击的炮弹，几天之内就让大生里背后的鸿山等高地上的敌军炮台、碉堡化为碎石和烟尘。从新生院的窗口可以清楚地看到这一令人喜悦的场景。同学们心中称快而不能拍手，在宿舍内也有特务监视。

10月16日可以隐约听到北面远处传来的炮声，市内交通及海上航行完全停止。停泊厦门港湾的国民党舰艇已不见踪影。几天前尚人声喧嚷的太古码头已寂静无人。大家猜想人民解放军已在厦门北岸渡海登陆，向厦门市区进军。入夜以后，解放鼓浪屿的战斗也打响。在新生院的厦大学生整夜可听到激烈的枪炮声，大家带着兴奋喜悦的情绪，迫切期待解放军及早到来。10月17日天亮以后，在宿舍窗口向北眺望可看见鹭江道上有解放军战士站岗巡逻。不久，荷枪的解放军战士陆续进驻鼓浪屿，经过新生院门前时，厦大留校学生首先出门欢迎。几天后才知道，率军攻上鼓浪屿的三十一军济南二团团长王兴芳同志以及近千名解放军战士在解放厦鼓战斗中壮烈牺牲，成为厦鼓人民永远缅怀的先烈。特务头子毛森在逃离厦门前下令绞杀在鸿山下狱中的革命者，其中有厦大学生周景茂、工人陈绍裘、厦门医院护士刘惜芬。厦、鼓大小两岛的解放，的确是用烈士的鲜血换来的。在厦鼓解放之日，隐瞒真实身份而混杂在学生中的特务分子虽躲在阴暗处销毁文件罪证，但逃脱不了人民法庭的惩罚。

人民解放军进驻鼓浪屿后，新生院的厦大留校学生大都戴上鲜红的袖章，参与战后清理战场工作，主要是协助解放军收容俘虏和清查敌军火存藏处所。何处有流散的敌军官兵、何处存放军火弹药，当地居民最清楚，但居民们与南下的解放军战士语言稍有隔阂，更乐于向戴红袖章的厦大学生报告俘虏流散处及军火堆积地。厦大学生都在鼓浪屿居住过一年，对全岛的街道及山丘异常熟悉，我们听到居民报告后，立即告知和带领解放军战士前去处理。那时居留新生院的中文系学生只有余仲奇、任敏和我三人，我们常结伴走向鼓浪屿海滨山丘多地，在温和的阳光中，兴高采烈地忙于抓带俘虏和探寻军械存放之地。有一天在日光岩附近，我们遇见一个微胖的中年男子，换了便衣失魂落魄地不知往何处走，却一再声称是军队的"文书"。我们不管是"文书"还是"武官"，都押送到俘虏收容处。清理战场的工作忙碌了几天之后，便接到校方通知，迁居新生院的厦大学生全部迁回校本部。厦大在鼓浪屿设新生院的历史也就结束。

厦鼓解放后，海面的涨落潮的自然规律没有任何变化，但人们的精神面貌焕然一新，处处可听到欢乐的歌声。由新生院迁返校本部的同学和由多地回校的同学迅速组成多个宣传队、秧歌队、腰鼓队，让"解放区的天是明朗的天，解放区人民好喜欢！"的歌声响彻厦门的街头巷尾。

解放后不久，著名的马克思主义政治经济学专家王亚南教授担任厦大校长，厦大的校史揭开了崭新的一页。

名人逸事

第四辑

陈嘉庚倾资补助闽南教育

陈少斌

陈嘉庚创办集美学校和厦门大学后，鉴于闽南教育的落后，又提出以补助的形式，支持农村经费困难的小学校。

陈嘉庚认为："国家之富强，全在乎国民。国民之发展，全在乎教育。""吾侪生逢国体改革之时代，国家至危急之秋，救亡图存，匹夫有责。"这就是他补助教育事业的指导思想。具体做法是："余为提倡及改善闽南教育计，派人调查县立小学办理不善者，助费改善，或另设模范小学为领导。"1926 年，他又表态："三年之后除厦、集两校相当开销外，所有余力，则注重闽南各县之教育，许时或年可供出百万、二百万元作经费。"

首倡同安教育会捐献助校费

陈嘉庚于 1919 年 6 月自新加坡返里，曾赴同安一带考察，目睹农村经济落后，教育事业乏人提倡，甚是忧虑。心想同安到南洋华侨很多，富商、中商均不少，乃"提倡全县十年普及教育，按每年创办 20 校，每校平均助费 1000 元，10 年 200 校"等蓝图。于 1920 年 2 月 10 日，致函新加坡同侨陈延谦诸先生，提出筹办同安教育会及补助小学办法等建议，征求意见，并带头捐款。

陈嘉庚在信中指出：同安教育现仅有五所小学，县政腐败，大半民办，董事管理不善，教员难觅，经费不足，学风可悲等。他主张应"以桑梓为怀，贵吾民自奋发为要，成立一教育会，然后逐渐扩充推广"。"（教育）属全邑命脉，劝同邑诸胞鼎力加捐"，并以他和胞弟名义，认捐开办费 1 万元，常年费逐月 5000 元为首倡。捐款分特别费和月捐两种。

陈嘉庚对同安教育会补助费规定了"不分界域补助"的公平原则，开学费国民级每班每年 300～500 元、高等级 400～500 元。每校 80 名，1000～1200 元，按补助 500～600 元，学生每名收四元，不敷自筹。校舍先各就其庙祠修用，后视捐款再设想。小学教员需有师范毕业生，虽目前缺乏，如果小学发达，毕业生可升入集美师范、中学。

陈嘉庚对同安教育会捐款计划从"新加坡同侨开始，待进行顺利后推及马来西亚、荷印、安南、缅甸、菲岛等处。补助费以学生数为比例，高等生每名年贴 8 元，初等生每名年补 5 元，另贴设备、桌椅、校具等每名 3 元。并派视察员赴各校调查学生数和成绩"。同时，在集美学校设立教育补助处，负责处理补助事宜。

同安教育会倡办后，新加坡同侨认捐特别费 3 万余元，每月常年捐数万元。可是收款时经年才收 2 万余元，原因是当时商业很不景气，认捐人多数无法交纳。因此，1921—1923 年开办的同安农村小学 30 余校的经费，全部由陈嘉庚兄弟独力承担。从而，取消了同安教育会。

设教育推广部

1924 年春，陈嘉庚指示将教育补助处移交叶渊校长管理，集美学校设立教育推广部，专门负责补助并指导各地学校。提出了"以同辖为先，倘能做到者，定再推广泉属各县，每县作 100 校，则 500 校。每校按生额 80 名，补助 400 元，年仅 20 万元耳"。他强调指出："前次失于信用，然前为捐侨款。今日为我个人，幸为宣布，诸爱其村里之人，早日筹备。"又特别交代叶渊："扩充同安补助小学经费，另备每年两三千元，补助五县经费有困难的小学校费用。"

当时，闽南军阀纷争，祸殃同安，有人担心补助教育是枉费钱财。陈嘉庚针对这种悲观思想复信叶渊说："若云同安今日兵匪之惨，无干净土何能办学则大误矣！种桃在桃荒，办教育何独不然！"决心坚持，直至陈嘉庚公司被改组，校费被限制，最终实业收盘经济无源才暂时停止。

集美学校根据陈嘉庚的指示，1924 年春成立教育推广部，校长叶渊兼任教育推广部主任，设视察员由师范部主任马辑五和女师部主任陈爱吾兼任，当年补助同安县小学校 9 所，大洋

4833 元。

1925 年，调小学部主任沈雷渔为教育推广部主任兼视察员，并指导师范部教生（毕业生）实习教学。补助同安小学 9 所，大洋 5100 元。当时，南洋树胶价格大涨，陈嘉庚公司处于鼎盛时期。因此，陈嘉庚指示叶渊，拟订扩大补助学校计划："同安全县补助百校，闽南各县按补助 500 校，分期实行，以达教育救国之夙愿。"又特别指示："泉城私立中学，请按年补助一千元。否则，彼须停办。"校长遵照执行。因此，该校的补助金额最大。

1926 年起，以科学馆主任陈延庭兼任教育推广部主任，沈雷渔为专任视察员。是年扩大补助，有集美学校毕业生返里创办的各县公学（集友小学）15 所，又从同安扩展至安溪各县补助 32 所，合计 47 所，大洋 24674 元。但是，这年的南洋胶价暴跌至半，陈嘉庚公司经营亏损，集美学校基建工程全部下马。补助学校只能维持现状。1927 年补助 37 所，大洋 20679 元。1928 年补助 47 所，大洋 28163 元。

1929 年起，陈嘉庚公司遭世界经济大危机影响，财政万难，但仍补助 48 所，大洋 27426 元；1930 年补助 41 所，大洋 25158 元。

1931 年 8 月，陈嘉庚公司资不抵债，被银行团改组为陈嘉庚有限公司，限制厦大、集美两校经费为 5000 元。是年仍勉力补助同安小学 38 所，大洋 23310 元。

1932 年，陈嘉庚千方百计筹措维持集美学校和厦门大学经费，甚至处于"出卖大厦，维持厦大"的窘境中，还补助同安学校 36 所，大洋 14673 元。特别是在陈嘉庚有限公司收盘前夕和收盘的 1933 年与 1934 年，经济极端困难中，还坚持补助同安 27 校 10241 元和 7430 元。

总计陈嘉庚在 1924—1935 年中共补助闽南各县学校 73 所，金额 190632 元（不包括教育推广部费用）。内有小学 70 所、中学 3 所。其中同安县 52 所，118974 元，校数占 72%，金额占 63%；补助泉州私立中学 7 年 28998 元，占总金额 15%之巨。

由于企业破产，经济断源，1935 年 7 月后被迫结束补助。

发展闽南初等教育的新举措

陈嘉庚指示集美学校，对补助学校除了在经济上补助和派视察员促进业务外，在教育上应协助其发展，跟上时代前进。所以，教育推广部研究，为使补助学校得以同步发展，特别采取了在集美学校举行补助校校长会议六届，以传播新思想和教育方法；在集美学校举办暑假讲习会两届，培训闽南小学教员，以促进教学上的统一。特别是 1924 年 8 月，在集美学校成立一个"闽南小学教育研究会"，选举叶渊为会长，促进闽南教育界人士研究初等教育，目的是提高闽南初等教育界水平。

（一）六届补助校校长会议：第一届在 1926 年 4 月举行，出席 13 校代表 17 人，会上宣布会计规程及中小学补助条例，定期举行成绩展览会。第二届在 1927 年 4 月举行，出席 16 校代表 20 人，会上设立各区小学研究会，统一步骤共同促进教学法的进步。第三届在 1928 年 4 月举行，出席 38 校代表 44 人，讨论"国语教学研究"。第四届在 1929 年 4 月举行，出席 42 校代

表 47 人，讨论"小学校训育问题"。第五届在 1930 年 4 月举行，出席 34 校代表 40 人，讨论"乡村小学课程标准"和"自然科学研究"。第六届在 1931 年 7 月举行，及行政成绩展览会，出席 30 校代表 35 人，讨论"废除算术、常识教科书，国语教科书采用三年"。

（二）两届暑假讲习会：第一届在 1924 年 7 月开学，聘请北京王璞和江浙赵欲仁等五位教育专家共六人为讲师，课程十二门，学员 130 余人，并附设暑假小学校，以便实习研究，从而大大改进了闽南小学教育的教学法，甚至影响到新加坡、马来西亚各小学校。第二届在 1926 年 7 月开学，聘请东南大学附属小学教员赵欲仁等 5 人和北京王理臣为讲师，以及本校教职员担任，学员 280 人，并开办各补助学校成绩展览会和集美小学部第三次成绩展览会，以表现学生成绩的正确性为主，并比较批评，共同研究改进的方法等。

教育推广部对补助学校以及闽南小学校的两大举措，获得了陈嘉庚的肯定与支持。1924 年 8 月，陈嘉庚致信叶渊，称赞曰："本暑假期中得集闽南小学教员指导研究，及此后设一小学研究会，将来定大实益我闽南教育精神无穷之幸福。"

悼念林巧稚大夫

冰 心

4月23日早晨，我正用着早餐，突然从广播里听到了林巧稚大夫逝世的消息，我忍不住放下匕箸，迸出了悲痛的热泪！

我知道这时在国内在海外听到这惊人的消息，而叹息、而流泪、而呜咽的，不知有多少不同肤色、不同年纪、不同性别的人，敬爱她的病人、朋友、同事、学生实在是太多太多了。

她是一团火焰，一块磁石。她的"为人民服务"的一生，是极其丰满充实地度过的。她从来不想到自己，她把自己所有的技术和感情，都贡献倾注给了她周围一切的人。

关于她的医术、医德，她的嘉言懿行，受过她的医治、她的爱护、她的培养的人都会写出一篇很全面很动人的文章。我呢，只是她的一个"病人"、一个朋友，只能说出我和她的多年接触中的一些往事。就是这些往事，使得这个不平凡的形象永远在我的心中闪光！

　　我和林大夫认识得很早，在 20 世纪 20 年代，我在燕京大学肄业，那时协和医学院也刚刚成立。在协和医院里的医护人员和医院的社会服务部里都有我的同学。我到协和医院去看同学时常常会看见她。我更是不断地从我的同学口中听到这可敬可爱的名字。

　　我和她相熟，还是因为我的三个孩子都是她接生的（她常笑说"你的孩子都是我的孩子"）。在产前的检查和产后的调理中，她给我的印象是敏捷、认真、细心而又果断。她对病人永远是那样亲人一般地热情体贴，虽然她常说，"产妇不是病人"。她对她的助手和学生的要求，也十分严格。我记得在 1935 年我生第二个孩子的时候，那时她已是主治大夫，她的助手实习医生是我的一个学生。在我阵痛难忍、低声求她多给我一点瓦斯的时候，林大夫听见了就立刻阻止她，还对我说："你怎能这样地指使她！她年轻，没有经验，瓦斯多用了是有危险的。" 1937 年 11 月，当我生第三个孩子的时候，她已是主任大夫了。那时北京已经沦陷，我们的心情都十分沉重抑郁，林大夫坐在产床边和我一直谈到深夜。第二年的夏末我就离开北京到后方去了。我常常惦念着留在故都的亲人和朋友，尤其是林巧稚大夫。1943 年我用"男士"的笔名写的那本《关于女人》里面的《我的同班》，就是以林大夫为模特儿的，虽然我没有和她同过班，抗战时期她也没有到过后方。抗战胜利后，在我去日本之前，还到北京看过她。我知道在沦陷的北京城里，那几年她仍在努力做她的医务工作。

　　她出身于基督教的家庭，一直奉着"爱人如己"的教义。对于劳动人民，她不但医治他们的疾苦，还周济他们的贫困。她埋头工作，对于政治一向是不大关心的。珍珠港事件以后，美国人办的协和医院也被日军侵占了，林大夫还是自开诊所，继续做她的治病救人的事业。我看她的时候，她已回到了胜利后的协和医院，但我觉得她心情不是太好，对时局也很悲观，我们只谈了不到半天的话，便匆匆分别了。

1951年我回到了解放后的祖国，再去看林大夫时，她仿佛年轻了许多，容光焕发，举止更加活泼，谈话更加爽朗而充满了政治热情。作为一个科学家，一个医务工作者，她觉得在社会主义祖国里，如同在涸辙的枯鱼忽然被投进到阔大而自由的大海。她兴奋，她快乐，她感激，她的"得心应手"的工作，得到了党和国家领导人，尤其是周总理的器重。她的服务范围扩大了，她更常常下去调查研究。那几年我们都很忙，虽说是"隔行如隔山"，但我们在外事活动或社会活动的种种场合，还是时时见面。此外，我还常常有事求她：如介绍病人或请她代我的朋友认领婴儿。对我的请求，她无不欣然应诺。我介绍去的病人和领到健美的婴儿的父母，还都为林大夫的热情负责而来感谢我！

十年动乱期间，我没有机会见到她，只听说因为她桌上摆着总理的照片，她的家也被抄过。七十年代初期，我们又相见了，我们又都逐渐繁忙了起来。她常笑对我说："你有空真应该到我们产科里来看看，我们这里有了五洲四海的婴儿。有白胖白胖的欧洲孩子，也有黑胖黑胖的非洲孩子，真是可爱极了！"这时我觉得她的尽心的工作已经给她以充分的快乐。

1978年她得了脑血栓病住院。我去看她时，她总是坐在椅子上，仍像一位值班的大夫那样，不等我说完问讯她的话，她就问起"我们的孩子"、我的工作、我的健康,我看她精神很好,每次都很欣慰地回来。1979 年全国人大开会期内,我们又常见面,她的步履仍是十分轻健,谈话仍是十分流利,除了常看见她用右手抚摸她弯曲的左手指之外,简直看不出她是得过脑血栓的人。1980 年夏,我也得了脑血栓住进医院。我的医生、她的学生告诉我,林大夫的脑病重犯了,这次比较严重,卧床不起。1980 年年底她的朋友们替她过八十大寿的时候,她的脑力已经衰退,人们在她床头耳边向她祝寿,她已经不大认得人了。那时我也躺在病床上,我就常想:像她这么一个干脆利落,一辈子是眼到手到、做事又快又好的人,一旦瘫痪了不能动弹,她的喷涌的精力和洋溢的热情,都被拘困在委顿松软的躯体之中,这种"力不从心"的状态,日久天长,她受得了吗?昏睡时还好,当她暂时清醒过来,举目四顾,也许看到窗帘拉得不够平整,瓶花插得不够妥帖。叫人吧,这些事太烦琐、太细小了,不值得也不应当麻烦人,自己能动一动多好!更不用说想到她一生做惯了的医疗和科研的大事了。如今她能从这种"力不从心"的永远矛盾之中解脱了出来,我反而为她感到释然⋯⋯

林大夫比我小一岁,20 世纪初,我们的祖国正处在水深火热的内忧外患之中,我们都是"生于忧患"的人。现在呢,我们热爱的祖国,正在"振兴中华"的鼓角声中,朝气蓬勃地向着建设社会主义现代化的途上迈进。我们这一代人在这个时期离开人世,可算是"死于安乐"了。我想林大夫是会同意我的话的。

少年林语堂在鼓浪屿

林太乙

和乐（林语堂）十三岁时，入寻源中学。"我的中学教育是完全浪费时间。"和乐回忆道。他读的有地理、算术、地质学、英文、中文几科。像在小学一样，他都觉得太容易、太简单了。但是在字典里查生字，却使他感到很不耐烦。有一次，查"川"字，他怎么查都查不到，后来发现，在"巛"部首，"巛"就是古"川"字。他怎么会晓得？属于"巛"部首的只有八个字。"巡"字何以不属"辶（走）"部，要属"巛"部？基本上，为什么要有"巛"部？"巢"字可以属"果"部，不，"果"不是个部首；是属"田"部吗？不是，是属"木"部。这样浪费了他半小时。查"西"部只有九个字。"要"字上面的"西"根本不是"西"，何不属"女"部？何必要这么多部首？为什么没有个更简单方便的检字法？"肃"字在哪里呢？他在难检字表里找，这个字有几个笔画他都没有把握。好了，十四画。"肃"字在"聿"

部！岂有此理！谁想得到？这个部首，又只有九个字，何不把这些少字的部首取消，把那些字归到别的部首去？《康熙字典》部首检字法真是没有道理！一定可以研究出一个比较好的检字法！

不读书的时候，和乐常到码头上去看来往石尾鼓浪屿的小轮船。船上的蒸汽引擎使他大感不解，后来在学校看到一张活塞引擎的图，他才明白其中道理。他一看见机器便非常喜欢，想过发明一部机器能从井里吸水，使水自动流到菜园。他觉得凡事都应该有逻辑。他遇到问题常与哥哥们辩论，哥哥们称他为辩论大王。

和乐十七岁时，以第二名毕业于寻源书院，"因为有个傻瓜比我用功，他考第一名"。最后一夕，他坐在卧室窗口，望着下面的运动场，静心冥想了许久，想把这一夜永远记在心里。这是他中学四年最后一天。他学到了什么呢？在基督教办的学校，他领受的好处当然很多。但他领悟到，在这治外法权的鼓浪屿，基督教的社会不过是个小圈子，而周围是中国文化、中国传统、中国历史。这些，学校没有教他。他自己看司马迁的《史记》，已看了一半；对苏东坡的作品，也感兴趣。世界是这么大，历史是这么长，他求知之欲是这么强，他感到与别人不同。他们好像对生活的要求并不多，找一份事做，娶妻生子，随随便便混过一生。他的要求却很多，他要尝到世界的一切，他要明白所有的道理，什么是生？什么是死？什么是美？他有时因为看到一幅美景，会感动得掉眼泪。他想有机会，要游历世界，到世界最偏僻的地方去观察人生，再到最繁荣的都城去拜见骚人墨客，向他们提出问题，请教意见。他对于知识，真如饥者求食。他见到书店里琳琅满目的书籍，便想一一翻看。他感到自己的贪婪，凡是眼睛看得见的，耳朵听得到的，鼻子闻得到的，舌头可尝的，他都要试试。

近代中国第一个合唱女指挥家周淑安

廖辅叔

　　说起上海音专老一辈的音乐家，我接触得最少的大概要算胡周淑安先生了。首先就因为她的署名。当时有著作行世的女士如谢冰心、陈衡哲等，都没有冠以夫姓。此外，我又从萧友梅先生那里听说过，她不赞成以爱情歌曲做教材，外文的还可以，反正中国人听不出什么名堂。有一次她把一首民歌《箫》改编为四部合唱，其中有一句是"箫中吹出新时调"。但是我所看到的其他版本却是"箫中吹出相思调"。当时我就想，这位先生可真是够古板的，连相思都不能说。她给人的印象倒的确有点清教徒的味道。她虽然在美国受过教育，又住在十里洋场的上海，衣着却非常朴素，深暗的单色的旗袍，偶尔也只是带点暗花的图案，也不烫头发，说话是一板一眼的。说严肃的确是够严肃了，同时却也使人难以亲近。因此，除了工作上的接触之外，从来不像同黄自、应尚能甚至于外籍教师那样随便聊聊天。

她在音专是声乐组主任，工作量是超额的。她教主科声乐、合唱，还教视唱练耳。看当时的《乐艺》杂志，差不多每一期都有她的创作歌曲或文章。开音乐会的时候，她还给她的学生弹伴奏。当时各系还没有配备所谓"艺术指导"。音乐会上合唱节目到了，她走到台上，指挥棒一挥，合唱队成员的精神立即振作起来，大有万窍齐号、山鸣谷应的声势，为整个音乐会生色不少。说到这里，不免要追述一段她出色的经历。

1928年，舒伯特逝世一百周年纪念，上海也像欧美许多大城市一样，举行了一次舒伯特音乐比赛，参加比赛的是居住上海的各国侨民。这是一个小型的国际比赛。周淑安当时在上海中西女塾任教，出了一个合唱节目，结果把英、美、法、德的代表队都赛倒了，获得了头奖。评比结果一宣布，中外人士无不惊奇，并由惊奇立即转为欢呼鼓掌，因为这实在是出乎人们意料之外的新闻。上海租界工部局管弦乐队指挥意大利人梅柏器当即函约中西女塾合唱团参加他们音乐会的演出。当然，在上海举行的这样一种国际比赛并不代表国际比赛的音乐水平。但当时中国连上海的足球代表队都输给上海的西侨足球队，那么，中国人同外国人比赛演唱舒伯特歌曲能够赢得第一名，这总该算是替中国人争了一口气的大事了。

她受过的教育是正规的，虽然她13岁才在厦门开始上学，而且上的是称为"女子高等师范学校"的女子学校。那时是1907年，中国还没有比较完整的、统一的学制。那时的所谓"高等师范"同民国初年的高等师范学校并不是一码事，同我们现在"高等教育"一词的高等的含义更不能相提并论。这只要看她毕业之后再到上海升学,所念的学校只是中西女塾,就可以明白她原来的学校还不到后来高级中学的程度。1914年她去美国留学,是清华招考的第一批留美女生之一。她在美国先念大学预科,然后考入哈佛大学雷德克利夫女子部,以音乐和语言为主科,同时又在新英格兰音乐学院专修声乐,副科钢琴。暑假则去柯奈尔音乐学校师范专修班学习合唱指挥及作曲理论与教学法。1919年考取哈佛大学学士学位。但是她仍不满足,当时经清华留美学生监督同意再上纽约音乐学院专修声乐一年,于1920年秋天返国,开始她的教学工作。1927年她又一次赴美,从意大利声乐名家米涅蒂进修一年,这才最后结束了她的学习时代。

她教书非常认真,而且善于因材施教。谁的鼻音太重,谁的声音太粗,谁又容易跑调,她都循循善诱,指出纠正的方法。她也开过独唱音乐会,但她更多的是声乐教育家。她天然的音质不算美,音量也不够饱满,但是她对音乐的理解却是相当深刻的,掌握的音乐文献也相当丰富。宋朝的书法大家米芾谈到自己的艺术经验,曾经有过一句深知此中甘苦的话:"有口能谈手不随。"周先生的艺术同米芾的这句话颇有相似之处,所不同的只是,一则在于手,一则在于嗓子而已。她的学生普遍具有的一个优点,就是吐音咬字一丝不苟,每当唱外语歌曲的时候,那些外籍教师对她的学生的发音总是非常赞赏。听她的学生说,他们在音专学了几年外语,由于是共同课,收获总是不大,倒是跟周先生上课的时候,也同时提高了外语水平。

在旧社会常常有一些有才能但是家境贫寒、不能安心读书的学生,于是节衣缩食、半工半读,音专的情况也不例外。有抄谱的，有刻蜡版的，还有做清洁工作的，学到相当程度就到校外兼课或收些私人学生，就算是熬出了头。做老师的如果注意观察，也会发现有这样的学生，因而常常给予私人津贴或者代交学费等，周先生也属于这一类的老师。她班上有一个学生上课常常迟到，经过了解知道，他是为了节省车费步行上学的，于是周先生每月给予他一定的经济补助，好让他安心学习。后来男低音歌唱家苏石林来校任教，她又以学生的前途为重，慨然让那位学生转到苏石林班上去学习。这种博大的胸襟，较之经济上的支持，应该是更为可贵的。但是她反对这位学生解放前夕逃往香港的行动，认为"他的行动是不正直的"。关于萧友梅这个人，她除了说他脾气古怪之外，毫不含糊地称赞他的好处是清廉。当国民党政府欠发经费、学校连发薪水都有困难的时候，萧友梅就把学校积存的一点钱尽先发给教职工，不领自己那一份。所以萧友梅到死还是一个穷光蛋。我们不妨设身处地想一想，1969 年，周先生作为"反动学术权威"遭受批斗，仍然敢于说出自己认为应该说的公道话，不真是"戛戛乎其难哉"吗？

"九一八"之后，音专师生写了不少爱国歌曲，周淑安也没有落在别人后面。她自己作曲，自己指挥，更能起到鼓舞敌忾的作用。关于她的爱国思想，说起来还有一段相当动人的故事。她读中国历史，读到英国为了向中国贩卖鸦片，公然挑起鸦片战争的时候，想起她在厦门曾经跟一位英国女教师学习钢琴，后来她因病回国，还在继续同她通信。现在知道英国竟是这样欺负中国的国家，于是写信骂她的老师，使得她的老师承认说，英国政府对中国人民犯下了严重的罪行，但是英国人民也同样反对他们政府的不义的行为，希望得到她的原谅。她于是原谅了她，并长期保持了友好的关系。

除了爱国歌曲之外，她更多的是写艺术歌曲，特别是儿童歌曲。她的艺术歌曲极受赵元任的赞赏，说她的《乐观》是"硬碰硬"的作品，"很有音乐价值"的作品，同时却又说"这个歌做得难唱极了"，现在的音乐学生一般达不到这个水平，所以他"希望周女士多为现在人做如《安眠歌》，偶尔为自己和将来人做如《乐观》"。

不知是赵先生的希望感动了周先生，还是周先生自己本来就有同样的打算——或者是两者兼而有之吧，反正周先生此后是用了相当一大部分的精力来写儿童歌曲，光是一本《儿童歌曲集》就有54首之多，在30年代的中国，这是一本难得的有分量的儿童歌曲的专集。黄自为这本歌曲集写序，还对其中一些歌曲做了具体的分析，"例如《早晨歌》中钢琴伴奏最后一句，岂不是描写'树上小鸟'的叫吗？《小老鼠》歌末句下行半音阶岂不是描写小老鼠'骨碌骨碌滚下来'吗？再如《天地宽》中'乘船航大海'句波动式的伴奏暗示划桨；'骑马上高山'跳跃式的伴奏授意奔蹄，也是同样的明显"。因此黄先生认为，在这些歌曲里面"音乐与诗的情感是完全吻合的"，"像这样的歌曲，才可算艺术作品；像这样的歌曲，才能给我们认识音乐的真意义"。这部书1932年由中华慈幼协会印行，1935年稍作删补，分为四册，在开明书店出版。

开头说过，周先生给人的印象是有点清教徒的味道，那不过是比喻的说法。我当时还不知道她真的是基督教徒，后来又知道她晚年改奉天主教。不过这是她个人的信教自由，别人是没有什么可说的。我还说过，她不赞成教唱爱情歌曲是近乎道学家的看法。可是后来她自己也写爱情歌曲，出版了两本歌曲集，一名《恋歌》，一名《抒情歌曲集》，其中有《西厢记》的《惊梦》和刘大白的《爱》和《爱高一度》，可见一个人的思想并不是一成不变的。

综观她的生平，从她 1894 年 5 月 4 日出生到她 1974 年 1 月 5 日逝世的 80 年间，有半个世纪以上的时间是奉献给中国的音乐教育事业的。她因材施教，循循善诱，造就了不少有用的音乐人才。

弘一法师在厦门

蔡吉堂　吴丹明

弘一法师出家24年，在闽南住了14年，曾十次到过厦门，算与厦门最有缘。他在厦门曾先后住过南普陀寺、日光岩、妙释寺、万寿岩、太平岩、虎溪岩、中岩、万石岩。

据他《闽南十年之梦影》自述："我第一回到闽南，在1928年11月，由温州到上海，是为着编辑《护生画集》的事，到11月底把《护生画集》编好。那时获悉尤惜音居士也在上海，我去看尤居士，他说要到暹罗国（今泰国）去，我就和他一起动身，途经厦门，意料不到竟结成我来厦门的因缘。12月初到了厦门，承陈敬贤居士的招待（陈敬贤是陈嘉庚先生之弟），陈居士就介绍我到南普陀寺来。到了南普陀寺，在方丈楼上住了几天，时常来谈天的有性愿老法师、芝峰法师等。芝峰和我同在温州，虽不曾见过面，但两心是相契的，现在竟然在南普陀寺晤见了，真是说不出的高兴。我本想到暹罗国去，因诸位法师的挽留，就留滞在厦门了。"

当时，弘一法师目睹闽南佛教内部较为纯洁，尤其是闽南佛学院，学僧虽只有20多位，他们的态度都很文雅，而且有礼貌，和教职员的感情也很不错；加上气候甚佳，也就住了下来。弘一法师有过这样的描绘："厦门气候四季如春，又有热带之奇花异草甚多，几不知世间尚有严冬风雪之苦矣！"数天后，他又离开厦门到南安小雪峰寺。以上就是弘一法师第一次到厦门的因缘和经过。从此，他就来往于厦门、泉州、南安、永春、福州、惠安、漳州等地大弘佛法。

弘一法师初出家时，崇奉净土宗，后来，精修南山律宗，宣扬七百余年湮没不传的南山律宗。1929年1月，弘一法师自南安小雪峰寺到厦门南普陀寺，居闽南佛学院。4月间恐天气转热，就离开厦门去温州。10月又重返厦门南普陀寺，住寺内功德楼，其间，曾为闽南佛学院撰写了《悲智训语》，训示学僧要"悲智具足，应先持净戒，并习禅定，乃得真实甚深智慧，依此智慧，方能得利"。并且手书以赠。同时又为太虚法师所作《三宝歌》谱曲，12月与太虚法师同往南安小雪峰寺。1932年10月重返厦门，由性愿诸师介绍，住山边岩（万寿岩），是月在妙释寺念佛会期讲《净土法门大意》，11月又在山边岩著《地藏菩萨圣德大观》，12月到妙释寺讲《人生之最后》，告诫佛教徒。他说："在病重到临终时，应将一切家事及自己身体悉皆放下，专意念佛，一心希冀往生西方，切勿询问遗嘱，亦勿闲谈杂话。"当年12月2日，是太虚法师住持南普陀寺6年期满，继任住持常惺法师，弘一法师参加寺内举行受请典礼。后就移居妙释寺，当时手书晋译华严经的"戒是无上菩提本，佛为一切智慧灯"一长联赠予性常法师。数天后，便又移居万寿岩，刻有篆印一颗，文曰"看松日到衣"，赠予同居的了智法师。当时见到这颗篆印的人，无不称赞其刀法苍古，极为难得。1933 年 8 月，弘一法师又自万寿岩移居妙释寺，12 月讲了《改过实验谈》，将他 50年来修省改过的实验，略举数事奉告佛教徒，并示他们应一学、二省、三改（虚心、慎独、宽厚、寡言，不文己过，不复己过，闻谤不辩，不瞋）。当夜手书《华严经》偈句赠广洽法师。正月八日夜，法师梦身为少年偕儒师行，闻有人朗诵华严偈句，音节激楚，感人甚深。与儒师返，见数十人席地而坐，中有一人操理丝弦，一长髯老人即是歌者，座前置纸，大字一行，若写华严经名，余乃知彼以歌而说法者，深敬仰之。遂欲入座，因问听众：可有隙地容余等否？彼谓两端悉是虚席。余即脱屦，方欲参座，而梦醒矣！回忆华严贤首品偈，似为发心行相五颂，因于是夜篝灯书之，愿尽未来际，读诵受持，如说修行焉。

许春草与中国婢女救拔团

何丙仲

蓄养奴婢是中国封建制度下的社会恶劣现象，它反映了旧社会等级制度和对妇女的压迫，是一种极不合理的社会产物。直到抗战爆发之前，厦门、鼓浪屿的养婢之风依然盛行。清末光绪年间，会稽人陶浚宣来厦任职，为期甚短，即写有《鹭江老婢行》，揭发厦、鼓社会的这种残酷的社会现实，可见此风之严重程度。辛亥革命之后，闽南地区军阀混战、兵匪肆虐、民不聊生，但官商、地主阶级却过着骄奢淫逸、胡作非为的生活。地方豪绅、富商巨贾或军政要人家中多蓄婢或养童养媳，他们或用廉价从人贩子手中收买，或靠高利贷盘剥，强迫穷苦人家的女孩子入门为奴婢，甚至中等阶层的家庭也引为风尚，蓄婢养童养媳者大有人在。这些女孩子大多七八岁或十一二岁，被卖到主人家后，便得当牛做马，受尽百般虐待，任凭主人打骂买卖。她们中往往有的熬不到成年就被折磨至死，即便能活到一定年龄，不是被收留为妾，便是被贩卖为娼。翻开旧报纸，诸如清宣统元年（1909）九月"普佑殿前某户打死女婢"，二年十一月"黄大九女婢投入相公宫四空井毙命"等消息时有刊载。即使1925年，还发生鼓浪屿"乌埭角"某家女主人将婢女活活打死之案；1929年，鼓浪屿大宫口某洋行老板强奸了婢女，还逼迫婢女用电线自缢于厕所等让人触目惊心的悲剧。资本家李文学虐待婢女红花致死的惨案，还曾被编成剧本上演。

五四运动以后，全国的爱国民主运动风起云涌，特别是1921年后在中国共产党领导下，各地的新文化革命运动更是一浪高过一浪。厦、鼓的这种虐婢现象引起了社会的关注。1927年3月8日，厦门各界成立"妇女解放协会"，1929年4月19日，又有人发起成立"解放婢女会"，但因黑幕重重，并没有造成较大的声势。鼓浪屿自1902年沦为"万国租界"以后，外国列强在鼓岛的统治机关"工部局"为了标榜"文明"和"慈善"，也曾设立一个"济良所"，表面上说是专门收容被虐待的不幸幼女和少妇，其实却是个"鬼门关"。因该所主持人徇私舞弊，往往把请求庇护的婢女发还养婢之家，结果有的婢女被带回去后被摧残致死，再次酿成惨案。厦、鼓人民对此强烈不满。

1929年，爱国民主人士、厦门建筑总工会会长、鼓浪屿人许春草先生和张圣才等人，在厦、鼓人民的支持下，在鼓浪屿笔架山观彩石召开一次群众大会，提议成立中国婢女救拔团以解放婢女。"虽然首次开会响应号召主动前来参加者不上百人，但许春草严肃而郑重宣布开会。他站在讲台上，慷慨激昂，控诉蓄养婢女的罪恶，谴责一切蓄养婢女的人家。他在举例中，涕泪滂沱，听众同声饮泣。"（张圣才《许春草传》）许春草最后呼吁：
"愿有良心的兄弟姐妹们，跟着我来！"

许春草是何许人？老鼓浪屿人都知道，许春草（1874—
1960）是一位建筑师，早年由土木建筑工人出身，后来积极组织
厦门建筑工会，任理事长。1907年加入中国同盟会，投身孙中
山先生领导的民主革命，1922年曾受孙中山委托在厦门设立国
民党联络站，任福建讨贼军总指挥，组织武装讨伐陈炯明，是一
位民主爱国人士，同时又是一位虔诚的基督教徒。许春草因为其
父曾作为"猪仔"被卖到南洋，6岁无父，生来特别痛恨洋人。
加上家庭背景的影响，使他自小就富有正义感。当他还是个建筑
工人时，看到人家虐待婢女，总是按捺不下内心的怒火，经常出
面干涉。有一次他被婢女的主妇抢白："婢女是我用钱买来的，
要打要杀你管不着！"这一句话，触动他的深思："用钱买来的
人，便可随意打杀？"看到当时社会正在发展，厦鼓地方居然还
残余这种可怕的封建恶势力，他越想越不是滋味，因此他立下志
愿：有朝一日我有了力量，首先就要解放婢女！

1929年，许春草带头筹创厦门婢女救拔团时，正是福建讨
贼军收场之后，他已典尽、卖空了自己历年储蓄下来的微薄家
产，用来遣散奉孙中山先生之命解散的内地民军，正值其经济最
穷困的时期。许春草深知养婢之家都是拥有资产的富豪和有钱有
势的官僚家庭，加上政府的威胁，没有办法向外募捐，只好先用
借债来维持这项事业。许春草等人的正义行为得到当时工人群众
特别是拥有4000多名会员的厦门建筑总工会的支持。

1930年10月4日，中国婢女救拔团暨收容院终于在鼓浪屿

挂牌成立，许春草任理事长，张圣才、庄雪轩、吴李林、李德佛等6人任副理事长。"该团的宗旨是挽救遭受虐待、迫害的婢女，伸张正义，反对封建的奴婢制度。该团宣言规定：（1）让婢女进学校读书，课余回家，仍可帮理家务；（2）婢女不堪虐待的可以进入救拔团，由救拔团收容教育，给衣服膳食，并保证其生命安全，健康成长；（3）受到残酷虐待的婢女，中国婢女救拔团要加以强行抢救，不怕牺牲；（4）中国婢女救拔团设立收容院，婢女进院称院生，按年龄程度接受教育，够上中学程度的，保送入中学。达到结婚年龄的任其自由选择配偶，由救拔团主持婚礼。"（《厦门工人运动史》）这份宣言印了5000多份，分发厦、鼓各界，一时在社会上震动很大。

中国婢女救拔团的团址和收容院设在鼓浪屿旗尾山原德国领事公馆内（今英雄山"琴园"多功能电影院的范围内）。德国自第一次世界大战之后撤出这个地方，许春草他们通过上海中华国民拒毒会总干事黄嘉惠向德国驻上海总领事馆交涉，以每月50元的租金租下来，作为收容婢女的地方。起初，热心于这项工作的人并不多，经费主要靠厦门建筑总工会提供，再下来就是组织婢女每年演三四次戏，卖票得一点收入。但压力最大的还不是经济方面的拮据，而是来自国民党当局。本来国民党当局口头上也提出反对蓄婢虐婢，无奈其党政军的上层人物的家庭大都蓄养婢女，反对蓄养婢女的运动，直接触犯到他们的利益。所以中国婢女救拔团刚刚成立，厦门国民党军政界人士、军警和司法当局马上召开紧急会议，企图压制中国婢女救拔团。他们挖空心思找到三个理由：（1）按法令，中国婢女救拔团没有履行民众团体登记，没有得到市党部的同意，没有备案，是非法组织，应予取缔；（2）婢女是用钱买来的，把婢女救拔出来是侵犯私人财产；（3）婢女是人家家庭中的成员之一，救拔婢女等于犯了破坏家庭罪，救拔团负责人应受法律处分。厦门海军警备司令部通过鼓浪屿会审公堂，要求鼓浪屿"工部局"加以取缔。厦鼓两地当时有三千多名在社会上横行霸道的台湾浪人，他们家中也多数养有婢女，因此他们也用各种流氓手段来反对、破坏救拔团的活动。当时，在厦门出版的报纸，都在国民党当局控制下，几乎没有一家敢仗义执言或刊登有关救拔团的消息。

中国婢女救拔团的正义行动得到厦门市工人群众的有力支持。据张圣才老先生回忆，积极拥护的，还有学校学生、普通商人和小商小贩以及各种慈善机构。曾有一个地方首富的婢女不堪受虐逃进救拔团的收容院，首富以重金贿赂地方法院为他张目。三个月里面，厦门地方法院连续发了28张"传票"传讯救拔团，许春草拒不到庭。直到发来第29张传票，张圣才才到庭应讯。他们事先通知建筑工人和双十、中华、大同等校学生数百人到庭观审旁听。张圣才在法庭上把救拔团的宗旨和做法公布于众，并对法官说："对这件事，政府反对，就说明政府不知道什么是正义，不知道什么是天理良心。"法官欧阳汉恼羞成怒地说："这里是法律的所在，与天理良心没有一点关系！"张圣才针锋相对："法律如果不维护天理良心，那就是反动的法律！"旁听的群众高呼口号，欧阳汉吓得面无人色，赶忙退庭，此案结果不了了之。因为有广大群众作后盾，中国婢女救拔团在社会上开始有了影响，厦鼓的新闻媒体也出现支持救拔团的文章。救拔团的正义活动也感动了部分正派的工商企业家，同英布店的店东卓全成先生（鼓浪屿人）虽然是个资本家，但家中却没有养婢。他对许春草创办的婢女救拔团极为关心，便主动引进几架织布机捐给婢女救拔团，并教导"院生"学会织布，代为包销，将收入悉数交与救拔团作为收容院的维持费，而且每月还送来一袋大米。

中国婢女救拔团还经常组织"院生"走向社会，争取全社会的同情与支持。1933年3月4日救拔团在厦门小走马路基督教青年会举行会议，厦门商会代表陈瑞清、鼓浪屿养元小学校长林居仁、双十中学校长黄其华等人都参加。从此每年都举行纪念会，"五一"节则上街游行。许春草等人在游行队伍中用喊话筒沿途呼号："不堪虐待的婢女，来参加游行队伍，争取自由！"结果常有婢女跑进游行队伍中，随着队伍到旗尾山收容院。这样一来，救拔团扩大了影响面，厦鼓不少同情婢女的社会人士捐款资助，甚至参加救拔团的工作。许春草见机行事，还利用建筑工会遍布厦门、鼓浪屿的九个分会的会址也设立收容点，受虐待的婢女跑到收容点，再由建筑工人把她们送到旗尾山收容院。许多建筑工人利用工作之便，打听到某家婢女正受打骂虐待，救拔团就带上几十人甚至几百人赶到婢女被拷打哀声凄厉的豪绅住宅，把婢女抢救出来。救拔团还经常到一些养有婢女和童养媳的家庭去了解、督察他们是否将她们视作家庭成员，是否让她们接受教育。

中国婢女救拔团自成立到1938年厦门沦陷前夕自行解散，前后虽然历时不到十年，但已收容婢女200多人，在地方上产生不小的影响。厦鼓的养婢虐婢的恶劣现象有所收敛。婢女在救拔团的收容院里过着正常人的生活。婢女被救拔或自行到院寻求保护者，入院后均称"院生"。"院生"在院里受到保护，读书或学习织布和做女红。待成年后让她们结婚成家。厦鼓社会中凡有适龄而因经济能力不足或其他原因尚未成家的本分青年均可向救拔团申请。救拔团先将男方照片给"院生"挑选，相中者方可开始接触。救拔团不向男方收取聘金（据张圣才老先生回忆，是收12个大洋），但要求男方必须用红轿子前来迎亲，并在礼拜堂举行婚礼。届时，救拔团还动员许多群众前来参加婚礼，让婢女扬眉吐气。以至于"院生"都亲切地称许春草为"阿爸"，称张圣才为"小舅"。事隔多年，她们还是这样称呼。

婢女救拔团因设在"万国租界"鼓浪屿，创办期间几乎事事都要受到"工部局"的干预。创设之初，"工部局"以其为不合法的团体为借口，企图强行予以解散。正好1930年，日内瓦国际联盟"反对奴隶制度组织"派考察团到东亚调查奴隶制度的残余问题，来到中国上海。当时上海复旦大学校长李登辉是厦门人，与许春草有交情。许春草便托李登辉向考察团介绍厦门的情况和中国婢女救拔团的宗旨及开办后的困境，顺便揭发英、美分子控制下的"工部局"的种种干涉，建议考察团实地调查。考察团到厦门后了解这些实况，对救拔团的工作十分赞赏，遂向"工部局"说明中国婢女救拔团的活动是保护人权运动，是消除奴隶制度残余的组织，应予支持。其后不久，国际联盟组织的考察团还把鼓浪屿这个婢女救拔团的情况写成文章，披露于《东方妇女解放运动专刊》上。

慑于社会议论和当地工人群众的支持，国民党当局也就不敢再公开干预婢女救拔团的活动，自 1935 年开始，"工部局"每年还补助该团经费数百元，并请英国女传教士欧施美参与救拔团的工作。外国人把持的救世医院对婢女救拔团也给予支持，有些医生和护士还参加婢女救拔团为团员。院方为婢女检查身体，治疗伤病，还酌情优待医药费。据统计，婢女救拔团创办的近十年，除一个重伤婢女不治身亡以外，其余 200 余人没有发生病情事故。

不过，最难缠的还是国民党政府的官僚和地方上的地痞流氓的不时干扰破坏。婢女救拔团宣告成立的第三个星期，便有一个厦门海军警备司令部副官王经的婢女前来请求保护，救拔团照章予以收容，于是引发了一场风波。按照章程，婢女前来求助，救拔团立即发函通知养婢人家，并在报纸上刊登声明，宣布该婢女已在救拔团受到保护。没想到这个王经自认为是警备司令林国赓的外甥，又是副官，气焰嚣张，接到通知，火冒三丈，马上派人来向救拔团要人。许春草告诉来人："我们婢女救拔团没有发还婢女的章程。"严词拒绝其无理恫吓。王经大发雷霆，便向他舅舅林国赓哭诉，要求派陆战队武装到鼓浪屿夺人。婢女救拔团早有准备，组织了两千名孔武有力的建筑工人手执棍棒在收容院等候。王经见势不妙，赶忙通过会审公堂照会"工部局"，控告许春草诱拐王家婢女，囚禁于收容院，要求派巡捕引渡。"工部局"不敢得罪工人群众，只好推说这等事情还是华人自己调解为好。会审公堂见劝说无效，竟放言威胁不让许春草再过厦门。

1930 年，日本帝国主义发动"九一八"事变的前一年，正在千方百计制造事端。此时，厦门号称"十八大哥"的台湾流氓头子林仔滚的婢女逃到婢女救拔团请求庇护。林仔滚接到通知，仗着黑社会的势力立即报告日本驻厦领事馆，要求"工部局"抢人。日本领事知道救拔团背后有工人群众撑腰，不好惹，就派人先去说情，说救拔团把他的婢女抓去，还登报宣传，使林仔滚大失面子。林仔滚表示，如果救拔团肯把婢女送还，他会捐助给救拔团一笔经费。许春草一笑置之，说："我如果可以受人收买，早就是百万富翁了。我愿意林仔滚先生先动手。"林仔滚无可奈何，只好自动收兵。

中国婢女救拔团就这样顶着各方面的压力和破坏，苦苦地支撑了近十年。1937 年"七七"事变后，许春草投身抗日救国的斗争中，离开厦门。当时有一个名叫吴炳溪的华人牧师在鼓浪屿组织一个国际难民救济会，中国婢女救拔团收容的"院生"有一半跑到内地或回家去，另一半人归到难民救济会接受收容。1941年 12 月 8 日太平洋战争爆发，日寇占领鼓浪屿，中国婢女救拔团及其收容院被日军强行解散。

中国婢女救拔团虽存在时间不长，却是鼓浪屿历史上值得记载的一章。

李清泉与"闽侨救乡运动"

刘晓斌

　　华侨素有爱国爱乡的传统，他们心系中华兴衰，极力为中国的革命和建设做出巨大的贡献。厦门是我国著名的侨乡，也是福建籍华侨出入境的主要口岸，还是福建籍华侨回报祖国和故乡，开展政治、经济活动的历史舞台。福建华侨史上的许多重要人物及其活动，都与厦门这块土地联系在一起。李清泉先生及其领导的"闽侨救乡运动"，就在很大程度上推动了福建，特别是厦门经济社会的发展。

　　李清泉（1888—1940），福建晋江金井镇人，菲律宾华侨巨商，著名侨领。13岁随父往菲律宾。18岁主持其父的木材厂，锐意拓展，建立了从木材采伐、加工到销售出口的综合性大企业，被誉为"木材大王"。1920年创办中兴银行。1919年和1925年先后创办了《华侨商报》和《新闽日报》。自1919年起，连任6届马尼拉中华商会会长，还担任基督教青年会名誉会长、闽侨救乡会会长、华侨教育会会长、华侨国难后援会主席、中国航空建设协会马尼拉分会主席、华侨援助抗敌委员会主席和南洋华侨筹赈祖国难民总会副主席等要职，成为菲华社会的主要领导人。

李清泉所处的时代，正是天下多事之秋。从鸦片战争、甲午战争到抗日战争的百年间，祖国饱受外强欺侮，内战连绵，天灾频仍之摧残，经济凋敝，民不聊生，面临亡国灭种之危难。而"弱国无外交"，祖国根本无力顾及自己的子民——华侨的利益。广大华侨身处异国，寄人篱下，遭到帝国主义和殖民当局的歧视和虐待，犹如"海外孤儿"。独特的境遇，催生了华侨的爱国主义思想。他们热切期盼祖国富强，成为自己强大的靠山，故而情愿为之奉献一切。同许多侨领一样，李清泉"生平以爱乡爱国爱侨为职志"，为维护华侨利益，建设家乡，振兴中华而殚精竭虑，矢志奋斗。李清泉的一生，像一部内容丰富精彩的书，而他所领导的"闽侨救乡运动"，就是书中感人肺腑的一篇。

20世纪20年代初期，北洋军阀李厚基统治福建。闽南一带，土匪蜂起，兵变频仍。他们互相勾结，打家劫舍，派款绑票，杀人放火，无恶不作，民众不堪其苦。李清泉在晋江的眷属，也不得不避居于厦门鼓浪屿。此时的菲律宾，经常发生排华事件和风潮，华侨的生存环境也相当恶劣。

1921年，菲律宾议会通过一项《西文簿记法案》，法案规定：凡菲岛商业，一律须用英文、西文记录账簿，违者可以罚金或刑罚。该法案实质上是针对华商的，因当时旅菲侨胞大多经营中小工商业，本钱不多，而且不懂英、西文，习惯于用中文记账，如果要雇用外籍译员记账，一来经济负担不起，二来会使商业秘密暴露无遗。该法规如付诸实施，将使菲律宾华侨遭受极大损失。为了保护华侨的利益，维护中国人的尊严，李清泉挺身而出，领导了这场异常艰巨而曲折的抗争。他不畏艰险，先是会见菲两院议长，进行了长达三小时的辩论，接着，又向美国驻菲总督提出请愿，均告无效。最后，他将其上诉到美国最高法院。这场斗争耗资十六万七千比索，持续五年之久，由于华侨的紧密团结和英勇不懈的抗争，终使美国最高法院于 1926 年 6 月承认该法案违反美国宪法，宣布作废，斗争取得了巨大胜利。

反对《西文簿记法案》的斗争虽然取得了胜利，李清泉的心情却无法平静下来。簿记法案的发生，与其说是偶然，不如说是必然。由于祖国的积贫积弱，华侨在海外的地位和利益根本无从得到保障，难以摆脱受歧视、被压迫的命运。多年来，李清泉一直在为华侨的退路和祖国、故乡的发展而思索和筹划着。簿记案以及前前后后、接二连三的排华浪潮一次次唤起他对祖国、故乡和亲人割舍不断的感情，也越来越坚定他建设故乡，振兴中华的宏愿和决心。

早在 1920 年 10 月，李清泉就在厦门鼓浪屿召开华侨座谈会，提出"福建自治"的救乡口号。他的老朋友黄奕住立即付诸行动，1921 年就买下林尔嘉创设的厦门德律风公司，次年又收购日商设在鼓浪屿的川北电话公司，筹设商办厦门电话股份有限公司，进行设备的改装换新，并着手铺设厦门至鼓浪屿的海底电缆，实现了厦鼓间的通话。厦门是海岛城市，井水带有盐分，不宜饮用。市民皆赖水船到内陆运水供应，水价昂贵，若遇海上大风，供应不能接续，常常发生水荒。为解决居民饮水和消防需要，黄奕住又带头出面募股，倡议创办厦门自来水公司。华侨这种热心家乡建设的精神，对李清泉来说，是莫大的慰藉和鼓励。

1924年，以联络南洋各地闽籍同侨共同为建设家乡为己任的菲律宾"闽侨救乡大会"成立，李清泉当选为会长。会上，他正式提出"建设新福建"的口号，并于会后立即派出三名代表到南洋各属宣传发动，争取各地闽侨支持。1925年，南洋闽侨救乡会在马尼拉开会，为翌年在鼓浪屿举行的大会奠定了基础。

1926年3月，南洋各地华侨云集厦门鼓浪屿，出席南洋闽侨救乡会临时大会，共商建设家乡大计，为建设新福建组织力量、准备资金和进行具体谋划。大会在亲切的气氛中就安定福建地方秩序，组织武装自卫侨乡，兴办实业与教育，福建全省道路等问题展开热烈的讨论。大会明确提出"实业救乡，兴办漳（州）龙（岩）路矿"的宏伟计划，描绘出新福建的美好蓝图。

在建设新福建的蓝图下，李清泉进行了两方面的准备工作。一是在菲律宾创办《新闽日报》，开展建设新福建的宣传鼓动工作；二是强烈要求铲除匪患，寻求经济建设所必需的稳定的社会环境。

李清泉向来重视舆论宣传的作用。为了推动华侨经济的繁荣，宣传华侨对菲律宾经济社会发展的贡献，他在1919年首次出任中华商会会长之后，就创办了商会会刊《华侨商报》，先后聘请黄开宗、于以同等名流出任总编辑。1926年，他发动闽侨救乡运动，深感建设新福建，非少数人之力量所能达到，实有赖于海内外福建人的共同参与。要让所有福建人都树立起建设新福建的自觉意识，创立一份报纸，一份宣传建设新福建的报纸，是至为必要的。因此，旨在号召侨胞为振兴家乡而团结奋斗，由知名人士陈三多任总经理、吴重生任总编辑的《新闽日报》应运而生了。《新闽日报》对于闽侨救乡运动、抗日战争以及战后侨社的重建，都起过很大的作用。

当时的闽南，政局动荡，土匪乘机作乱，称霸一方，其中以匪首陈国辉、高为国的气势最为嚣张，民众怨声载道。在李清泉的家乡，一位蔡姓华侨的小孩被绑架，匪徒索取赎金未遂，竟残酷加以杀害！死者母亲非常痛心，南下菲律宾后，即在华文报纸上发表控诉文章，声讨陈国辉，海外侨胞大为震惊，李清泉决心除暴安良，斗争到底。自 1926 年至 1932 年，他多次致电省府、南京监察院和国民党中央，控告高为国、陈国辉危害侨乡、迫害侨属的罪行，请求十九路军入闽剿匪。1932 年 10 月，陈国辉被十九路军俘获，李清泉以马尼拉中华商会名义致电当局，要求将陈就地正法。在国内外各界强烈要求下，恶贯满盈的陈国辉终于被十九路军和驻闽绥靖公署枪毙于福州。对此，李清泉甚感欣慰，特以马尼拉中华商会名义致电十九路军首领蒋光丽称谢，表彰他为民除害的正义行动。

认定实业救乡是福建的根本出路，李清泉以炽热的爱国爱乡情怀，身体力行地投入建设家乡的事业上。他于 1927 年在厦门设立中兴银行分行，接着又在上海创设分行。这是继黄奕住在厦门创办中南银行后的第二家华侨银行，便利了华侨回国投资，促进了祖国民族工业的发展。1928 年，李清泉又联络华侨巨商吴记霍、薛敏佬、黄奕住、陈迎来等集资 100 万元，在福州兴办福建造船厂，并从瑞士引进先进的机器设备，在当时被列为"全国十大工厂之一"。

1927年，李清泉与其叔父李昭北在厦门创办李岷兴公司，它投资于厦门房地产的资金，当在300万元以上，对厦门的市政建设做出了突出的贡献。

李清泉认为，厦门是闽西南人员和物资的集散地，闽西南的开发，要求厦门建成初具规模的现代城市，当务之急是整修码头和市容。当时的厦门，没有公路，没有码头，到处是又破又矮的土木小房。李岷兴公司在厦门的最大工程，是修筑自现在的第一码头经轮渡码头、太古码头至厦门港沙坡尾一带的海堤和码头。这个浩大的工程1927年开工，1936年竣工，历时九年，耗资200万元，沿线建有九个码头。李清泉叔侄还投资190万元，在厦门从关帝庙到大生里后的靠海地带，以及中山路、大同路等处兴建数十栋商业大楼。其中位于中山路的十一栋商业大楼，均为钢筋水泥建筑，楼高都在四层以上。李清泉还计划在现海滨公园处建造比香港、上海的百货大楼更壮观的百货公司，并已筹集资金100万元，后因抗战爆发而未能实现。特别值得指出的是，救乡运动的开展，李清泉、黄奕住等侨领的模范行动，加上当时厦门当局政策上的配合，使厦门在20年代末出现了华侨回国投资的高潮。据统计，1927年至1931年的五年间，华侨在厦门开设的房地产公司，资本超过20万元的有36家。当时厦门市区私有楼宇计7000余户、1万多幢，其中属于华侨所有的占50%以上，近140万平方米。

鼓浪屿闽侨救乡大会制订了著名的以开发福建矿业、修建福建铁路为中心的"漳龙路矿计划"。它分为两个部分，一是修建厦龙铁路，以厦门嵩屿为起点，龙岩为终点，中连漳州。在修建铁路的同时，对厦门的码头、市容进行整修，作为配套工程；二是开发龙岩的矿产资源。为实施这一计划，李清泉殚精竭虑，奔走呼号，无奈屡生变故，竟耽搁多年。直至1933年，李清泉就任福建省政府委员兼省建设委员会常务委员，才又着手"漳龙路矿计划"。他主持成立了"漳龙路矿筹备委员会"，并亲自到漳州等地实地考察，还到南京、上海等地聘请勘察设计人员南下测量。测量队分陆、空两队，陆路于是年9月开始，从厦门鼓浪屿出发，行程2000里，历时两个月，沿途将路基测量与矿产调查相结合，搜集矿石标本数十箱，探测矿区数十处，至12月初完成陆路全线测量；航空测量使用飞机，于11月初开始沿线地形图的拍摄，至11月中旬就告完成。筹集资金的任务也相当艰巨，漳龙路矿计划所需资金预计为2000万元，李清泉得到黄奕住的鼎力支持，两人商定各负责筹集50%的资金。正当漳龙路矿计划行将开工时，蒋介石调集大军镇压驻守福建的十九路军，改组福建共和政府，李清泉旋即辞职南归，再三谢绝国民党让他蝉联原省政府旧职的挽留，开发福建的计划化为泡影。不久，全面抗战爆发，李清泉又积极投身于支持祖国抗战的伟大事业中。

李清泉从投身菲律宾华侨社会之日起，三十多年如一日，忘我工作，无私奉献，终因积劳成疾，竟一病不起，过早地于1940年10月15日在美国病逝，年仅52岁。他在弥留之际，仍心系祖国抗战，遗言从其财产中捐出10万美元以救济祖国难童。噩耗传来，令海内外人士深感悲痛和惋惜。

李硕果与鲁迅及其他

李远荣

鲁迅一则日记写道："一月八日，昙。下午往鼓浪屿民钟报馆晤李硕果、陈昌标及他社员三四人，少顷语堂、矛尘、顾颉刚、陈万里俱至，同至洞天夜饭。夜大风，乘舟归。雨。"又《鲁迅全集》日记第十五卷四二六页写道："李硕果，福建南安人。厦门《民钟报》经理。"

李硕果是先父的挚友，又是内子的外祖父，因而我们两代人有几十年的交情，他告诉我鲁迅这则日记的始末是这样的——

厦门大学学生得知鲁迅辞职与学校腐败有关，很快掀起改革学校的运动。校方一面假意挽留鲁迅，一面推卸责任，说鲁迅离厦门大学是因为胡适派与鲁迅派相互排斥。《民钟报》据此发表通讯，鲁迅因约林语堂等同往该报拜会李硕果，并澄清事实。

林语堂和李硕果比较熟，因为林语堂的兄长林和清是《民钟报》副刊编辑，故常有来往。当时林语堂一身西服打扮，穿黑皮鞋，抽美国骆驼牌香烟。而鲁迅则穿灰色长衫、布鞋，手卷纸烟。一中一西，相映成趣。

交谈时，鲁迅用江浙口音的国语发言，林语堂翻译成闽语解释给李硕果听。

讲到兴起时，鲁迅站了起来，直斥军阀李厚基查封《民钟报》是一种妨碍新闻自由的罪行。最后鲁迅建议他在厦门大学指导学生创办的《鼓浪》周刊，即附于《民钟报》刊出，李硕果表示同意。

谈话后，李硕果在鼓浪屿洞天酒楼设宴招待在座各位，包括鲁迅、林语堂兄弟、陈昌标、矛尘、顾颉刚、陈万里等共十二人。席上开了两支福建五加皮酒，点了几道福建风味的菜，计有五香鸡卷、蚵仔煎、醋肉、红烧鱼唇、珍珠开贝、八宝鸳鸯蟹、白炒香螺、炒面线、封猪脚、韭菜盒，最后一道甜品是土豆仁汤。

鲁迅边吃边赞好味道，众人皆尽醉而归。

时夜大风雨，李硕果送鲁迅至鼓浪屿码头，鲁迅一行乘船返厦门大学。

鲁迅于一九二七年五月十五日在致章廷谦信中写道："矛尘兄：……我想，你转载就转载，不必问的，如厦门的《民钟报》即其例也。"（《鲁迅全集》书信第十一卷）

这里所指的是厦门大学的《鼓浪》周刊，即附于《民钟报》刊出之事。李硕果又是八闽一位传奇人物。下面且谈谈他的身世和《民钟报》的历史。

李硕果原名李引随，后来才改名为李硕果，福建南安县芙蓉乡人，出生于一八八三年十二月二十七日。

父李国菁，家甚贫，以肩挑负贩为生。李硕果八岁为堂伯母养牛，年终得酬劳一大圆，归以奉母为乐。自九岁入乡塾读书后，至十五岁，每于暇时卖糖果及花生或挑葱卖菜，有所得添家用。十六岁至二十五岁从糖果店做学徒至自己经营小生意，尚算顺利。

二十五岁那年，农历七月间，离乡背井，乘船到泰国谋生，在商界十分活跃，并参加孙中山先生组织的中国同盟会仰光支部，到山笆各埠宣传革命，劝人剪发。后来被委任同盟会敏建分会会长，有一次因参加游行，被凶徒袭击，七孔流血，昏迷不省人事，几乎丧命，抬去医院急救，数月始痊愈。

以后辗转到新加坡，由友人介绍前往麻坡巴力爪亚一市镇，参加开垦橡胶园的种植工作。

其时厦门《民钟报》招股份，在新加坡的梁冰弦、陈允洛、李硕果三人，决定返厦接管《民钟报》。

《民钟报》最初由旅菲华侨林翰仙在菲募款二千元，到厦门筹办，邀闽南许卓然等合作。当时倒袁世凯之役才结束，闽省诸革命党人纷集厦门，所有同志均列名为发起人，今尚在世者，有台湾戴愧生、新加坡陈允洛。

《民钟报》因抨击时政，两度遭查封，后又再复刊，人事数度变迁，其中较强的班子如下：经理——李硕果；总编辑——梁冰弦；副刊编辑——鲁彦、林和清；外勤记者主任——李铁民。

副刊编辑鲁彦是浙江镇海人，原名王衡，小说家。鲁迅称他为"乡土文学"作家。说他"对专制不平，但又向自由冷笑。作者往往化为冷话，失掉了人间的诙谐"（《中国新文学大系·小说二集·导言》）。

副刊编辑林和清，是林语堂之兄。

外勤记者主任李铁民，是一位才智突出的人物。《民钟报》头条新闻常比他报精彩，这都是李铁民展其才智的结果。当时每有党政军要人到厦门，各报记者必结伴同行，大人物做的报告，各记者必只字不漏地记载，这时李铁民只写个纲要，俟要人讲毕，各记者复阅其记录时，他才若无其事，与要人闲聊，乘机发问，回来后把记录整理发表。结果第二天头条新闻，各大报尽相同，唯《民钟报》与众不同，销路乃急激上升。各报记者深表不满，还以为大人物偏心，另外提供材料，其实这是李铁民的机智所获。

李铁民后来去了新加坡，成为陈嘉庚的得力助手。一九四九年九月，他和陈嘉庚接受中共中央邀请，到北京出席第一届全国政协会议。一九五六年，陈嘉庚当选为全国侨联主席，李铁民则当选为副主席。一九五六年十一月三十日，李铁民因患癌症逝世。

这里有一则趣事须提一下：报社杂工李于冷，有一天在编辑室扫地，不小心弄乱了器物，被一位编辑斥责。李于冷不服气地说："你这少年家免极空（闽语意思是说你这年轻人不要摆架子），孙中山先生对我都尊敬三分，何况你。"原来李于冷以前曾在马来西亚怡保市一公馆当杂工，孙中山先生曾住在那间公馆，李于冷每天早上泡咖啡送到孙中山卧室，孙中山总是很有礼貌地说声谢谢。

中医大师吴瑞甫先生

朱清禄

吴锡璜先生（1872—1950），字瑞甫，号黼堂，福建同安县城关后炉街人。先生世代业医，颇有医学渊源，平生除积极行医，努力著述外，并为振兴中医事业，创办国医学校，培育中医人才，足迹遍及闽南、申沪、星洲等地，备尝辛苦，至老不倦，是一位声誉卓著的中医学大师。

献身医业　不求名利

同安吴氏，自指吉公以下，至于先生七世，皆从事医业，名震遐迩。先生自幼聪颖过人，而又力学不倦，早岁即举孝廉。按清朝官制，中了举人，就可选任官职，由此阶升，高官厚禄，不难获致。但先生看到当时政治上腐败无能，外侮频仍，国事日蹙，因而无意功名，不求荣利，毅然辞去广西候补知县之职，不再参加考选，并遵照父亲筠谷公"辞章之学，无补于世，吾家世代以医名于时，其继承先志，毋或怠"的教导，专心医药事业，毕生以振兴祖国医学为己任。

谦恭持己 "退补"名斋

先生长期在厦门行医，其医寓位于市区开元路，名曰"退补斋"，即取《尚书》"进思尽忠，退思补进"之义。细析其意，即办事时要忠于职守，办事后要时时省察，如有缺点过失，即及时纠正，吸取经验教训。先生在医术上，虽早已精通练熟，但仍处处谨慎，推勘入微，从不游移两可，或文过饰非。平时虚心求教，不耻下问，转益多师，以广见闻。如于《麻疹专科》序言有云："余自十四岁时，先君子以医为世业，嘱璜攻读岐黄家言，俾世代衣钵，祖传切替，谨志之，不敢忘；因麻痘两科，未得要领，遂习业于大田县杨氏。"其不辞劳苦，远入山区之求学精神，于斯可见。再以先生所著《四时感症》而言，书中引证温热各家学说，一一加以选辨订正，申明义理，煞费心机；但不掠美，不居功，语语从经验中得来，足资临床取法。至其主持厦门国医学校时，则思贤若渴，对市中较有学识之同道，如谢铭山、廖海屏、梁长荣、林孝德、陈筱腾等名医深表钦仰，并共负树人之责。对门生中之学有专长及勤奋有成就者亦破格提拔为助教、助理，如许廷慈、陈彩鹤、史悠经、李礼臣、廖碧豁诸同学，可见先生奖掖青年、栽培后进之用心。此外，对同时代之名中医，如恽铁樵、丁甘仁、张锡纯、张山雷先生之论著，倍加赞赏，深有共鸣；但如学术见解不同时，则又不肯苟同附和，而是据理力争，务求其真，以厚生寿世，堪称神交之诤友。

真知灼见　心热胆坚

瑞甫师在临床工作上，认真细致，论治果断有力，时人称其"心热胆坚，绝类半痴"。"半痴"是清代名医王孟英的别号，以其憨直负责，一心赴救，类同半痴。忆先生每逢奇症沉疴，或危急重笃之际，从来不推诿避嫌，或以通套平淡方药，敷衍塞责，而是竭忠尽智，千方百计，从病人的利益出发，为死里求生之计。只要病者尚有一线希望，总不放弃己任，而力为解危。先生所以如此坚毅者，固然是学识丰富，胆智过人，更要者乃是有强烈之责任感，故能勇挑重担，临危不惧。在昔开业，医者之声誉，利害攸关，故先生亦因此而屡遭个别同道的毁谤和非议，先生却处之泰然，终不肯随俗俯仰，以自欺欺人。

先生尝治一王姓小儿，疹后点未全收，身微热，面色无华，喉中痰声辘辘，脉象虚弱，医者犹用清热通套之品，先生独排众议，投以王清任之"可保立苏汤"，大剂温补，而热退疹收。又有黄姓妇，病温热，神气昏沉，面黄唇黄，齿龈黄而无热，自汗出，脉浮虚，牙关紧闭不开。先生询知病妇已延四日，小便自利，三日前大便溏泄一次，见症虽属虚候，但面带苦楚，身无厥冷，汗出脉虚，认为尚有一线生机。因仿张令韶之案例，令按其腿，见病者似有痛苦之感，手足抽动，再按两次俱然，乃断为"大实有虚像"，果断地用"大承气汤"下之，始汗出噤开，身能转侧，唯神色未清，再投"复脉汤"去姜、桂，加"紫雪丹"，乃转危安。继用营养，理中善后而愈。以上两例，可见先生于寒热虚实，真假疑似之间，审察之明辨，与治疗之果断。

增光医界　载誉论坛

为了继承发扬祖国医学遗产，吴老耗尽了毕生心力，勤勤恳恳为中医事业做出巨大的贡献，同道称誉他为永不知道疲倦的"医林奇杰"。就作者多年随师所知，先生非常珍惜分阴寸秒，其作息时间几若固定，甚有规律，每天清晨至卓午，仅在"退补斋"候诊治病者，就达百数十人，先生不论亲疏贵贱，总要诊治完毕，才匆匆午膳。饭后片刻，就得出诊，直至晚餐前，始有片刻闲暇。先生每星期内，还得安排两三个下午，亲到医校讲课。晚上，除星期日外，几乎天天都要到医校主持教务，或为研究班上课。夜夜非在十时以后，从不回家。但回家后又得赶写教学讲义和编写《国医旬刊》稿件，有时深夜还要处理急诊或出诊。先生当时已是年逾花甲，鬓发如霜，早年又患过肺病出血，何以竟然如此精力充沛，不知疲乏？归根到底，一是出于为人民健康服务和发扬祖国医学遗产的热忱，二是坚持锻炼身体，注意饮食卫生。先生平日既无烟酒嗜好，夏日更是少进肉食，淡泊自甘。虽隆冬腊月，晨昏亦以冷水漱洗，与其所著《卫生学》提倡体育锻炼，预防为主，注意环境卫生，提倡社会文明，改造社会风气之精神，若合符契。

先生素重经验总结，平生著述颇多，除晚年在新加坡时之著作及部分手稿未及备载外，计有《中西温热串解》六册，《删补中风论》二册，《新订奇验喉症明辨》八册，《中西脉学讲义》二册，《评注陈元择三因方》八册，《校正圣济总录》六十册。以上作品，多由上海文瑞楼书局印行。尚有《四时感症》《伤寒纲要》《诊断学》《卫生学》等铅印医校教材各一册，另有《难经》《伤寒》《病理学》《中药学》《内科学》《妇科学》《儿科学》《传染病学》等各科油印讲稿，因抗战爆发未及付印。吴老著书立说，其理论源于《内》《难》《伤寒》等书，参以各家学说之精华，证于七世家传之经验，以及个人数十年临床之心得，是故立论确切，阐发机理，丝丝入扣。如先生认为中医治疗外感，溯源六气，乃至精至微之学。叶天士最善继承张仲景之学说，故伤寒、温病之义理，本无二致。清代陆九芝大力攻讦叶氏"逆传心包"，与吴鞠通以三焦辨治温病之学说，时贤张山雷竟亦从而和之，不可谓非智者千虑之一失。先生自称积四十年之经验，细按"邪入心包"与"邪入胃腑则不识人"之症候，确有种种不同之情况，治法一用芳香辟秽以提其神，一用荡涤大便以下其秽，差之毫厘，则谬以千里，岂容混淆。诸如此类，可见先生识验之超颖，与指迷棒喝之苦心。此外，先生还坚持按期出版《国医旬刊》《厦门医药月刊》，并以卓越的史才、史识、史笔，于1928年主编印行《同安县志》十二大册，成为宝贵之历史文献。书中推崇郑成功开府思明以收复台湾的功业，纠正旧志对郑氏贬义的评价。凡此种种，可知先生治学之谨严，立言之精辟，修身之勤奋。其能增光医界，载誉述林，洵非偶然。

振兴医教　辛苦树人

先生早年鉴于市井不学之辈，稍识几味药性，略读几条歌诀，便公然为医，徒以搔不着痒之方，毫无治病功能之药，投诸病人，敷衍塞责，因而慨叹："璜以为此乃当政之过失，地方社会不知慎重人命，创设医校，以为考究，坐令砥硖乱玉，死者接踵，夫复何言！"认为苟非及早提倡医学教育，培养后继人才，救死扶伤，济世利人，则祖国医学将难以取信图存。及汪精卫提出废医存药之议，引起海内外中医药界激烈反对，而在"三一七"国医运动之后，伪行政当局虽被迫不得不取消原议，但先生高瞻远瞩，觉察当局绝无振兴中医药事业之可能，乃邀同地方上热心公益事业之知名人士，如洪鸿儒、陈培锟等，创办医学传习所于厦门。之后，先生又趁兼任厦门国医馆馆长之便，报请当时之中央国医馆备案，创立厦门国医专门学校。先办业余研究班，后又扩充全日制本科班，大加培养中医后继人才。先生亲自为医校学员讲课，主讲教材多数自编自讲，所以登堂讲授时，左右逢源，融会贯通，对于古来之奥秘精义，以及繁讼纷纭，一经剖析，无不簇簇生新，明如日星。先生堂上讲到精彩得意之处，更是神采奕奕，每每卷袖指画，口若悬河，而听者则四座肃然，无不全神贯注。同学中有诗回忆先生讲课情景："忆公讲课登堂日，神采奕奕跃如虎。卷袖指划口悬河，簇簇生新谈今古。于时四座肃无声，习习春风煦廊庑。"确是真实的写照。当时医校学员数百，遍及省内外各地，不少海外侨胞亦远道回国求学。无奈反动政府屡次干扰，伪教育当局三令五申，不准中医设立学校，先生坚决抵制，甚至构陷公庭，亦不为所屈。厦门国医专门学校当时在本省得以巍然独存，实有赖于先生苦心经营之力。至于筹备经费，延聘师资，主持教务等工作，更是备历艰辛，勇挑重担，从无怨言，其热心于祖国医药事业，兴学树人之精神，诚足令人敬佩。

先生又于厦门市筹建厦门国医图书馆，累积不少图书资料，甚至不惜献出家藏秘本。当时中医界以此为切磋钻研之基地，对提高理论认识起了促进作用。可惜抗日战争中厦门陷入敌手，书籍已毁于战火而散失无存。

先生南渡星洲后，仍然不忘于中医教育事业，继续言传身教，为海外播下许多中医种子，其有功于祖国医学，殊非笔墨所能表达其万一。

鹭江抚节　星岛怀乡

1937 年"七七"卢沟桥事变，抗日战争全面爆发。翌年战火延及厦门，居民纷纷逃避。而当时的鼓浪屿称为"万国租界"，是中立区，先生初时也避居于此。日军登陆后，原拟物色一地方上有声望之绅士，出任伪厦门市维持会长，因原市商会长洪鸿儒（字晓春）老先生坚决拒绝，乃转思罗致先生，威胁利诱，使尽心机。先生皆坚贞不屈，大义凛然。敌首虽恼羞成怒，但一时也无奈他何。及后日军扩大侵略范围，鼓浪屿已非世外桃源。先生因不愿做蹄下之顺民，乃不惜以近古稀之暮年，踏上万里征途，历尽风浪，取道香港，避居星洲。不久日军又大举南犯，东南亚一带几无净土。日军攘夺新加坡后，恐惧爱国志士之反抗，竟然杀害了许多爱国华侨。先生之爱子树潭君（曾与作者同学于厦门国医专科学校），亦遭迫害，不幸牺牲。但先生悲愤之余，更加坚定为振兴中华而奋斗之决心。祖国解放后，先生亟望早日回归故乡，为发扬祖国中医药事业再献余力。惜因年迈体衰，劳累过度，终老星洲，年仅七十有八，夙愿未能实现，殊以为憾！记得 20 世纪 20 年代，先生为其老友星洲侨胞陈喜亭先生之母张太夫人撰写挽诗中，曾有"乌鹊南飞年复年，那堪诗思续庭坚，客愁每望麻山月，月落乌啼思悄然"之句，不意竟然成为先生暮年归宿之"诗谶"！要是先生能得早日回国，亲自参与和眼见新中国中医药事业的发展盛况，这又岂仅是先生个人的幸福和愿望而已哉！

厦门，秋瑾的第二故乡

龚　洁

秋瑾，字璇卿，号竞雄，别号鉴湖女侠，浙江山阴（今绍兴）人，1907 年因领导武装反抗清政府失败而被捕，英勇就义，是中国民主革命的先驱。

光绪三年（1877）十一月八日，秋瑾出生在厦门（一说 1875 年生于福建，另说是 1879 年生于云霄）。1878 年，其祖父秋嘉禾调任福建云霄县同知，秋瑾随祖父赴云霄赴任，一年后又回到厦门，住在鼓浪屿泉州路今 73 号。光绪十三年（1887）四月，秋嘉禾调往福建南平任知县，秋瑾从闽南随往闽北，一年后秋嘉禾离任。光绪十五年（1889）五月，秋嘉禾又被调回福建云霄任同知，秋瑾从闽北随祖父到了闽南。不久，秋嘉禾卸任，秋瑾全家返回厦门。光绪十六年（1890），秋嘉禾被委任为厦门同知，一年后秩满离任，率全家返回浙江山阴老家，她则去萧山外婆家，随表兄学骑马和剑术。

经过云霄、南平、云霄、厦门的来回奔波后，看来是可以安定下来了。可是，祖父的世交、台湾巡抚邵友濂致信嘉禾，聘请秋瑾的父亲秋寿南到台湾担任巡抚文案。秋寿南欣然接受，旋带着 15 岁的秋瑾到台湾赴任，也是从厦门渡海赴台。

中日甲午战争后，中国被迫签订屈辱的《马关条约》，台湾被日本帝国主义侵占，清政府不顾台湾和全国人民的反对，毅然决定凡是大陆在台湾任职的官员，全部返回大陆。清政府将秋寿南调到湖南任常德厘金局总办、桂阳知州，秋瑾又随父从台湾到了湖南。从此，她离开了生活过 18 年的闽南和台湾。屈指算来，这 18 年中有 11 年多是在厦门鼓浪屿度过的，鼓浪屿可以说是秋瑾的第二故乡了。秋瑾在闽台辗转的经过，郑逸梅在他的《艺林散叶》中做了记述。鼓浪屿叶更新老人生前也多次说过秋瑾住在鼓浪屿的事。

秋瑾的母亲单氏，出身萧山望族，安徽候补知县单良翰之长女，能诗文，勤俭持家。她对秋瑾的教育颇威仪慈爱，是秋瑾的第一位启蒙老师。秋瑾能文善诗，这一点深受其母的影响。在她父亲的桂阳任内，年 18 岁时，秋瑾依父母之命嫁给湘潭富绅之子王廷钧。1902 年，王捐得"工部主事"，秋瑾即随夫去了北京。然而王廷钧乃纨绔子弟，生活随性不羁。这时的秋瑾，目睹民族危机日益加深，清政府腐败无能，尤其她在厦门、台湾亲眼所见外国侵略者的骄横跋扈和官吏的奴颜婢膝，深深触动了自幼就埋在心底的反对清王朝、仇恨帝国主义的种子，她决心献身于救国事业。她毅然告别了年仅 6 岁的儿子沅德，冲破家庭的束缚，于 1904 年自费赴日本留学。

秋瑾在日本积极参加革命活动，与陈撷芬发起"共爱会"，和刘道一组织"十人会"，创办《白话报》，宣传推翻清朝封建统治，提倡男女平权。还参加冯自由的"洪门天地会"，受封为"白纸扇"（军师）。1905年参加"光复会"，加入"同盟会"，被推举为浙江主盟人。1906年回国，在上海创办"中国公学"，安置留日回国学生。后到浙江湖州女校任教。1907年1月创办《中国女报》。旋至诸暨、义乌、金华、兰溪联络会党，计划起义，未果。继而与徐锡麟分头准备于浙皖两地同时起事，被推为大通学堂督办。她奔走于沪杭，联络军队和会党，组织光复军，推徐为首领，自任协领，预定先由金华起义，处州响应，诱清军出杭州，然后乘虚攻打杭州，如不能兑，就带队回绍兴，再走金华、处州入江西，与徐锡麟会合。起义日期原定为7月6日，可是6月间绍兴等地的会党暴露，徐锡麟也仓促起事，被捕遇害。清政府得奸人密报，迅即包围大通学堂，秋瑾与学生奋起抵抗，失败被捕。绍兴知府贵福深夜提审，她坚贞不屈，书"秋风秋雨愁煞人"为最后遗言。1907年7月15日凌晨，慈禧下令将秋瑾杀害于绍兴轩亭口，时年仅30岁。

追忆萨本栋先生

陈获帆

萨本栋先生，字亚栋，福建闽侯人。年少时考取清华学校（清华大学前身）。八年勤奋，卒业后赴美留学，在麻省理工学院攻读物理学，以优异成绩获博士学位。回国后任清华大学教授（兼北京大学教授）。萨先生教学认真，循循善诱，受到莘莘学子爱戴。他在授课以外还致力科研工作，其科研论文散见国内外科学刊物上，为科学界所重视。所著《物理学》一书，由商务印书馆列入"大学丛书"出版发行，是解放前全国各大学普遍采用的物理学教材。

萨先生在而立之年就已成为著名的物理学家和大学教授，风华正茂，头角峥嵘。

爱国华侨领袖陈嘉庚先生 1921 年创办厦门大学，独自捐资四百万元，惨淡经营十六年。1937 年春，陈先生因营业亏蚀，无力兼顾维持厦大、集美两校经费，"自愿无条件将厦门大学改为国立"。国民政府行政院批准厦大改为国立后，教育部提出，继任校长须是著名科学家、热爱桑梓的闽人，并为陈嘉庚先生所同意。根据上述条件，教育部从各方推荐的人选中遴选由国立编译馆馆长、闽人陈可忠推荐的萨本栋先生继任厦大校长。陈嘉庚先生得到教育部长函告后，即函知林文庆校长准备交卸。

萨先生出任厦门大学校长的消息传开后，当年国内科、教界有识之士对此深表感奋，既为厦大庆得人，更对萨先生在国势艰危之际，厦大改制之时，不顾个人得失，毅然肩挑重任，表示钦佩，并寄予厚望。

萨先生于1937年暑期接收厦大。不久，在日军步步侵入的形势下，沿海大学纷迁内地，厦大也面临择址迁移问题。当时福建省政府主席陈仪力促厦大迁往永安，校内师生对迁校地点议论纷纷，莫衷一是。萨先生认为，闽西山城长汀远离沿海，战火不大可能波及；即使日军入侵闽西，长汀西与江西瑞金毗邻，南通广东梅县，还可以从容后撤，确保员生安全和图、仪无损。于是力排众议，决定厦大内迁长汀。

"八一三"上海开战后，厦大先将大批重要的理化仪器和十四万四千多册图书装箱，妥存鼓浪屿。校址择定后，在全校员工生和员工眷属分批取道漳州、平和、龙岩抵达长汀前，将绝大部分的图书、仪器陆续运往长汀。这较之当时其他各省大学在内迁中图、仪大部损失或全部损失，实为大幸。

迁校之前，先遣的总务行政人员及部分教师抵达长汀后，立即择定颇具规模的原汀州府文庙为厦大校本部，因陋就简稍加修缮，礼堂、实验室、校长室、总务处、教务处、部分教室都设在这里。将租借的庙宇和民房草草修缮或改建，作为教室、图书馆、医务室、学生宿舍和膳厅。租赁河东街附近原长汀饭店的房屋为教师宿舍（校长一家只住两个房间，一做卧室，一做饭厅兼客厅），员工眷属则散住在租赁的民房内。经过短暂时日筚路蓝缕的惨淡经营，战时校舍建立了，教学秩序迅速恢复了。后来，还陆续建成木结构和土木结构（以瓦或树皮盖顶）的教室好几座，为教学提供了更好的条件。

当年长汀县城仅有省立、县立中学各一所，县立小学几所，所需教学课本和文具等都十分缺乏。厦大所需教材大部分要向大后方的大城市购买，有的教材还得由校刻印应用。萨先生讲授的《实用微积分》，就是自己编写讲义，由厦大印刷所利用搬运来的有限铅字模和陈旧的印刷机排印的。至于学生急需的计算尺，还是萨先生设计、监制的。1941 年，萨先生派我到西南几个大学参观访问并到香港采购理工学院需要的仪器、机件及医务室需要的西药针剂、药片和中药药材。

敌机经常骚扰长汀，厦大为保证全体师生的安全，特在校本部后面的山麓修建好几座防空洞，以躲避空袭。

虽然物质条件非常困难，但在萨先生领导下，厦大全体师生以坚强的意志和艰苦朴素的作风，不断克服困难，为教与学创造了良好条件。当时，学生勤奋好学，教师在萨先生带动下认真教学，在师生的共同努力下，教学质量不断提高，使识者赞叹不已。

厦大在 1936 年只有文、理、法商三院九系，学校迁长汀后不断调整和发展，到 1941 年即有文、理工、法、商四个学院，中文、历史、外文、教育、数理、化学、生物、土木工程、机电、政治、经济、法律、银行、会计十四个系。1937 年学生为 297 人，1941 年增加为 634 人，1945 年增加为 858 人。

厦门大学从 1921 年建校到 1926 年 9 月鲁迅先生来校执教前后，从平、津著名大学相继来校的名教授有哲学家张颐，生物学家钟心煊，天文学家余清松，美学家邓以蛰，教育学家孙贵定、杜佐周、朱君毅、邱椿等，群贤毕集，盛极一时。后来，这些名教授出于各种原因，先后相继离厦他就。到了 1937 年抗战前夕厦大改为国立时，留校的时彦名流已寥寥无几了。

萨先生深知教师队伍的质量如何，对能否提高教育质量至关重要。因此，他对厦大原有资深望重的老教授非常敬重，特别注意让他们发挥专长。周辨明教授系国际知名的语言学家，曾在清华学校讲授英语多年，厦大建校后又在校任课十多年，对学生要求严格，教学效果显著。萨先生在周老先生卸下教务长担子后请他担任外文系主任，使他能把大部分精力放在以英语为主的教学上。此外，由对中国诗词造诣高深的余睿老先生担任中文系主任，由著名生物学家陈子英担任生物学系主任，由著名数学家方德植担任数学系主任。这些都是他知人善任的事例。

萨先生除充分发挥原有老教授的作用外，还以选贤举能为原则，想方设法，到处联系，以罗致师资，充实教师队伍。他延聘不少著名学者和青年教师来校任教，其中有原燕京大学教授谢玉铭和傅鹰、张锦夫妇，广西大学教授朱家所，清华大学出身、由美回国的经济学博士黄开禄，清华大学出身的郑朝宗及会计学家萧贞昌、银行家童国瑁等。经萨先生的努力，厦大的教师和科研人员不断增加，1937年为46人，1945年增至108人。这种情况在战时学校是殊为罕见的。

1939年春，第三次全国教育会议在重庆召开。萨先生以肩负教学和综理校务两种重任，无法分身，遂派我为代表出席。他还委托我沿途到几所大学参观，替他了解友校在战时环境的办学经验，以资借鉴。我在桂林拜访了国立中央研究院地质研究所所长李四光先生，参观了李先生筹建的广西科学实验馆；在重庆沙坪坝拜访了中央大学校长吴有训先生；在教育部拜访了次长顾毓琇；还于教育会议闭幕后从重庆到昆明大西门外拜访了西南联大陈岱孙教授（原北大经济系名教授），这几位声望卓著的学者都跟萨先生交谊深厚。我作为萨先生的代表，在这次西南之行中，有幸通过参观、交谈、听课等方式，比较全面地了解了一些大学的情况，带回了有价值的资料，完成了使命。至今印象犹新的是，我拜访过的几位教授，不但对萨先生的学问道德备极推崇，而且对他主持厦大所取得的成就给予很高的评价。

萨先生对厦大创办人陈嘉庚先生捐资兴学的爱国精神和壮举非常钦佩，倡议由校组织"嘉庚奖学金委员会"，每年严格评选学行兼优的学生若干名，发给奖学金以资鼓励，并以陈嘉庚先生为楷模，激发学生的民族自豪感和爱国热情。当年获得嘉庚奖学金的学生，有的后来成了母校的教学骨干，有的在国内外科教界等机构中享有盛誉。

萨先生为了解决家境清寒、无力继续上学的在校学生的困难，仿效清华大学卓著成效的措施，组织"厦大学生自助委员会"，由校长、各院院长、教务长、总务长及教授等担任委员，校长兼主任委员。我作为该会委员兼秘书，秉承主任委员的意旨处理该会日常事宜，包括调查、了解需要资助的学生的困难情况，介绍他们担任临时工作等。学生担任工作的报酬，基本上以足够解决他们膳食和零用的需要为标准。学生自助委员会通过各种途径，为申请资助的学生在校内外找到各种半工半读的机会，如兼任中、小学教员，兼任当地各机关的办事员、调查员，担任校内家庭教师和在各院、系、处组当临时工等，每日工作一两小时，并不影响他们的正常学习。后来该会办法逐渐完善，工读机会不断增加，自助制度为学生所信赖。

萨先生根据自己的认识与经验，并以中外德才兼备的名人、学者的言行为准绳，把他对立身、处世、治学、立业、热爱祖国、造福人类的见解和体验归纳起来，亲自口授，由我执笔，经过他精心修改后，在厦大学生自治会定期刊物《唯力》上以"学生十诫"为题发表，借以激励学生勤奋学习，培养高尚品德，为国家贡献自己的才学。

萨先生虽是个著名的物理学家、教授，但质朴谦逊，平易近人，深受师生爱戴。他关心学生学业的进步、品德的陶冶，愿意听取他们对学校和对他本人的意见，以便把学校办得更好，培养出更多的有用人才。他独具卓见，定期召开当时被认为是不平常之举，即使后来也是罕见的"校长座谈会"。具体办法是，由全校学生自愿组合成十人以上二十人以下的小组，报经座谈会秘书编排各组出席座谈的次序和日期，每组学生每月可以参加一次座谈。座谈以学生发表意见、提出要求为主，校长对某些具有普遍性的问题做原则性的回答；至于应该解决的问题，则由秘书秉承校长的意旨归纳回答，在通告栏上公布后交有关部门处理。学生们对这种别开生面的座谈会的反应极为热烈，踊跃参加。

在萨本栋校长的鼓励下，各系学生组织的学会有如雨后春笋相继成立。各学会开展形式多样的学术研究活动，如举行演讲会、报告会、座谈会，办板报等，使校园里充满学术气氛，促进了学习质量的提高。

厦大迁汀后，学生们开展了抗敌救国的各种活动，萨本栋先生对这些爱国活动深表同情与支持。他鼓励学生参加"长汀县各界抗日后援会宣传工作团"，深入农村进行宣传活动；给学生组织的"厦大剧团"以精神和物质的支持，该团公演的《雷雨》《放下你的鞭子》等剧剧情深刻感人，表演严肃真挚，感动了整个山城；赞助学生向教职员募捐，为学生自治会组织的"闽南工作队"（利用寒假到闽南各地进行抗日救国宣传）筹足经费，等等。

萨先生对青年学生爱护备至，对强权暴力深恶痛绝。1940年，国民党福建省主席陈仪密电萨先生，要厦大借故开除有共产党嫌疑的四个应届毕业生，以便军警逮捕。萨先生看了陈仪的密电，非常愤怒，立即复电："电悉。查该生等并无违反校规行为，碍难借故开除。特复。萨本栋。"当时，萨先生对我说，政府不择手段对付学生的思想问题，真是岂有此理；只要他在厦大任职一天，他就绝对不许军警进校逮捕学生。后来，这四个应届毕业生在萨先生的庇护与关怀下，终于完成学业，安然离校参加工作。

萨先生善于发现人才和培养人才，有几桩事我至今记忆犹新。他对三十年代考取中英庚款、在英国留学成绩斐然的校友卢嘉锡备极赞许，认为卢在学术造诣上大有前途，是厦大校友中的佼佼者。他曾对我和其他校友说："厦大应该培养一些像卢嘉锡这样的人才。"当他了解到厦大化学系助教、毕业校友蔡启瑞、陈国桢两人学行兼优并有深造要求后，商请该系减轻他们的工作量，为他们提供充分时间进修专业。果然不负萨先生的厚望，他们在学术上都有显著的成就。蔡启瑞到美国留学后，长期从事物理化学的理论研究，解放初，排除各种阻力回国，在母校化学系任教授。他在催化方面有较大成就，提出的化学模拟生物固氮酶活性中心理论，受到国际同行的重视，现任厦大副校长。陈国桢1938年毕业于厦大化学系，留学回国后任厦大化学系教授。他长期从事分析化学方面的研究，特别是在光分析方面有较大成就，在海水分析和核材料分析方面也有较深造诣，专著有《分析光度法》《荧光分析法》《海洋分析化学》等。

跟八年抗战相终始，厦大师生在长汀坚持教学，取得了显著成就，得到各方好评。1940年，陈嘉庚先生率领"南洋华侨回国慰劳团"回国慰劳各战区军民，两度路过长汀，受到厦大师生的热烈欢迎。他老人家在听取萨先生和其他教师汇报和参观全校后，在应邀发表演说中肯定"厦大有进步"。厦大在历届全国大学生学业竞赛中，成绩名列前茅，被誉为当时"国内完备的大学之一"。

在抗战八年中，厦大建校十六年的基础得到加固，而且创造了中兴业绩，还为解放后的发展准备了一定的条件。这跟萨先生热爱祖国、忘我工作的精神和全体师生的艰苦奋斗是分不开的。